中公文庫

大人になったら、

畑 野 智 美

中央公論新社

目次

大人になったら、

ベッドの横の本棚で、目覚まし時計が鳴る。

ボタンを押して止めると、緑色のライトがつく。

時間よりも、日付が目に入る。

六月二十二日、今日で三十五歳になった。

日本人女性の平均寿命は、八十七歳と少しらしい。

平均寿命まで生きられると考えたら、人生はあと五十年以上あるということで、半分にも達していない。一生を六十分のドラマと考えたら今はどれくらいというたとえ話があるが、三十五歳は起承転結の起が終わり、承の半ばに差しかかろうとしているぐらいだろう。これから転があり、結はずっと先で、何が起こるかまだわからない。病気や事故で、数年のうちに死ぬ可能性がないわけではないけれど、それは今は考えなくていいことだ。問題は、何歳まで生きるかよりも、平均に対して自分がどれくらいのところにいるかだ。

とにかく、三十五歳は、まだまだ若いはずだ。

高齢化社会と言われる世の中で、三十五歳くらいで、年寄りぶってはいけない。

でも、若くなんてないのだ。

ドラマで見て、かっこいいと思った男の子は、わたしより一回りも年下だった。歌番組では、わたしが二十歳《はたち》のころに生まれたような女の子たちが、パンツの見えそうなミニスカートで歌って踊っている。十代のころに見ていたドラマは、大人の世界という感じで憧れだったのに、いつの間にか主人公たちはわたしより年下ばかりになった。三十代後半や四十代の女性が主人公のドラマもあるけれど、社長だったり医者だったりして、わたしとはほど遠い感じだ。

年齢なんて気にすることではないという考えもある。わたしも、昨日まではそれほど気にしていなかった。

しかし、三十五歳から高齢出産というやつになる。

子供もいなければ、結婚もしていない。八年前、二十七歳の誕生日に、十年間付き合ったフウちゃんと別れてから、彼氏もいない。好きな人もいないし、気になる人もいない。だからといって、恋愛を諦《あきら》めたわけではないし、仕事に人生を捧げていて恋愛どころではないわけでもない。

いつまでも若いつもりで、女友達とパフェやパンケーキを食べて、画像をＳＮＳにアップしたりしていないで、人生のことをもう少し考えなくてはいけないのだろう。

窓の外では、雨が降っている。

カーテンは閉まっているが、窓や地面を打つ音が聞こえた。

ベッドの中で鬱々《うつうつ》と考えごとをしていないで、もう起きなくてはいけないと思っても、起き上がれない。

梅雨時《つゆどき》に生まれた宿命として、誕生日が雨なのは、毎年のことだ。雨が降らないとしても、曇《くも》っていることが多い。晴れたら、ビックリして、悪いことでも起こりそうな気がする。十七歳の誕生日は晴れていて、朝から父が「何か起こるんじゃないか」と、騒いでいた。

何かは、放課後に起きた。

高校二年生、十七歳の誕生日の放課後、同級生だったフウちゃんに告白された。帰ろうとしていたところを呼び止められて、ほとんど人が通らない階段の踊り場に二人で行った。フウちゃんはしばらく何も言わなかった。わたしは、それまで男の子と付き合ったことはなくて恋愛のことなんてわかっていなかったけれど、フウちゃんに好かれていると、なんとなく気がついていた。告白されるんだと身構えながら、フウちゃんの言葉を待った。

「葛城《かつらぎ》のことが好きだから、付き合ってほしい」と言われ、うなずいた。真っ赤になった顔で、嬉しそうに笑っていたフウちゃんの姿は、今でも鮮明に思い出せる。窓から陽が射して、世界が輝いて見えた。

昨日のことのようとまでは言わなくても、ほんの数年前のことのように感じる。だが、十八年も前のことだ。その日生まれた赤ん坊は、今日で十八歳になり、あの時のわたしの年齢を超えた。

これ以上、考えごとをしたり、思い出に浸《ひた》ったりしていると、本気で憂鬱《ゆううつ》になってしまうし、仕事に遅刻する。

起き上がり、ベッドから出て、カーテンを開ける。

アパートの前は広い公園になっていて、遮《さえぎ》るような高い建物がないので、空を見渡せる。見事なほどの灰色の空が広がっている。

もっと強く降っていれば、一気に降ってパッとやむかもしれないと考えられる。弱ければ、午前中のうちにやむかもしれないと考えられる。どちらとも考えられないくらい、ちょうどいい感じの雨だ。

永遠に降りつづきそうに見える。

テーブルに置いてあるスマホを見ると、みっちゃんからＬＩＮＥが届いていた。〈三十五歳おめでとう。素敵な一年にしてね〉というメッセージと一緒に、誕生日ケーキを持ったクマのスタンプが送られてきている。高校の同級生だったみっちゃんに誕生日を祝ってもらうのは、これで二十回目だ。進学や就職、結婚や出産を機に会わなくなった友達もいる中で、独身のみっちゃんとは変わらぬ友情を築けている。ありがとうと書いてあるうさぎのスタンプを選んで、返事を送る。

洗面所に行き、鏡を見る。

子供のころからずっと髪は長かった。染めたり、パーマをかけたりしたことはあったが、肩より短くは切らなかった。三十歳になった時に初めて短く切り、それからは黒髪のショートカットのままだ。飲食店に勤めているから、ショートの方が清潔感があるし、楽だ。十代の時よりお化粧はうまくなったので、メイクした顔はあのころと違う。でも、すっぴんは変わっていないように思う。目立ったシワやシミはないし、たるんだりもしていない。そう思っているのは自分だけで、十代の時とは全然違うのだろう。二十代前半のころは居酒屋で「身分証明書を見せてください」と言われることがよくあったが、二十五歳になったころから言われなくなった。女友達といる時に、ナンパされることもなくなった。自分では変わっていないつもりでも、人から見たらわかるんだ。予備軍と言われる小さなシミやシワ、見なかったことにできるぐらいのほころびのようなものが身体中にある。

ぬるま湯で、顔を洗う。

顔の洗い方だって、洗顔フォームだって、十代のころとも二十代のころとも違う。

勤務先は、駅の反対側にあるカフェだ。

店の名前は、キートスという。Ｋｉｉｔｏｓと書く。フィンランド語で、「ありがとう」という意味だ。青い看板に白い壁の外装は、フィンランドの国旗の色をイメージしている。内装も北欧風にまとめたお洒落《しゃれ》な店として、雑誌の取材も何度か受けているが、チェーン店だ。系列店の中には、赤と緑と白の看板を掲げたイタリアンレストランや安いことが売りの居酒屋やデザートに力を入れているファミリーレストランもある。わたしは七年前まで居酒屋にいて、その前はイタリアンレストランにいた。

アパートから店まで自転車ならば五分、歩けば十五分で行ける。

今日は雨なので、長靴を履《は》いて傘をさし、歩いていく。

公園の前を通る。

この辺りは、オフィス街というほどではないけれど、デザインや音楽関係の小さな事務所がたくさんある。もともと子供は少ない。それでも、晴れている日には、公園で遊んでいる子供たちの声が聞こえる。今日は、誰もいない。

踏切を渡り、駅の反対側へ行く。

キートスは、駅前の商店街から一本裏に入ったところにある。

雨に降られて灰色に染まった世界の中に、青い看板が見えると、少し安心する。

店と隣のマンションの間を通って裏にまわり、傘を閉じる。

裏口を開けると、そこは厨房《ちゅうぼう》になっている。

「おはようございます」

厨房でオープン準備をしているはずの杉本《すぎもと》君を探す。

杉本君は新卒で今年入社したばかりの社員で、研修を終えて、今月の初めにキートスに配属されてきた。オープン準備の早番はアルバイトの子たちに任せて、社員は中番《なかばん》か遅番に入るのが基本だ。しかし、社員は一通りの仕事を憶《おぼ》える必要があるので、杉本君には先週も何度か早番に入ってもらい、店長と副店長であるわたしとで仕事を教えた。今日は教えたことを憶えているか確認するために杉本君ひとりに厨房のオープン準備を任せた。ホールには、ベテランアルバイトのレナちゃんが入っているから大丈夫だろうと思ったのだけれど、大丈夫ではなかったようだ。

「おはようございます」鶏の唐揚げを揚げていたのは、レナちゃんだった。

「おはよう。杉本君は？」

「レジ開けしています」

「そう」

厨房からホールに出ると、杉本君はレジの前に立って、ぼうっと天井を見上げていた。

「おはようございます」

「あっ、おはようございます」杉本君は、目が覚めたばかりのような顔で、わたしを見る。

「どうして、レナちゃんが唐揚げを揚げているんですか？」

「早いですね」

「オープン準備ができているか確認するために、早めに来たんです」

開店は十一時で、わたしの今日のシフトは十一時から二十時までの中番だが、三十分前に来た。

「僕ができないって疑ってるんですか？」

「疑ってるわけではないです。初めてひとりで入ったら、完璧にできないのは当然だから。それよりも、最初の質問にまず答えて」

「最初の質問？」首をかしげ、杉本君は本当にわかっていないような顔をする。

「どうして、レナちゃんが唐揚げを揚げているんですか？」同じことをもう一度聞く。

「僕ができないって言ったら、やってくれるって言うから」

「やっぱり、できてないんじゃないですか」

「ああ、まあ、そうなりますね」

「レジ開けは、終わったの？」

「まだです。なんか、わかんなくなっちゃって」

「マニュアル、渡したよね？」

チェーン店なので、あらゆることがマニュアル化されている。新メニューが出たり、厨房に新しい機材が入ったり、レジに新しい機能がついたりしたら、本社からマニュアルが送られてくる。それを読んでその通りにやれば、オープン準備やクローズ作業は誰にでもできるように、細かいことまで書かれている。

「あのマニュアル、わかりにくくないですか？」

「えっ？」

「今の時代、紙のマニュアルっていうのも、違う気がするんですよ。ＰＣやタブレットを使って、動画で説明するようにするとか、もっとわかりやすくて新しいやり方があるはずです。作業を言葉で説明するよりも、動画にした方がずっとわかりやすいですよね。それを見てそのままやればいいんですから。そうすれば、入ったばかりの新人にだって、仕事をもっと任せることができます。やっていることがなんか効率悪いし、古いですよね」

「……えっと」

マニュアルには写真も入っているし、文章も簡潔にまとめられているので、わかりにくいとは思わない。たとえわからないことがあったとしても、レナちゃんに聞いて確認すれば、どうにかなる程度のことだ。しかし、それはわたしが紙に慣れた世代だから、そう思うだけなのだろうか。

新卒社員でも、杉本君は小学校に入る前から中学校を卒業するまで十年以上をサンフランシスコやロサンゼルスで過ごした帰国子女で、日本の高校や大学に在学中も海外留学していたため、今年で二十五歳になる。帰国子女だからあまり関係ないかもしれないが、ゆとり世代でもある。その上、すごくかっこよくて、背が高い。少女漫画に出てきそうと思えるくらい、鼻筋の通った顔をしている。色が白くて、目の色は茶色い。配属されてきて三週間しか経っていないのに、彼目当てのお客さんもいるくらいだ。アルバイトの女の子たちは「かっこいいからって、仕事できない社員は困ります」と言いながらも、杉本君に笑顔で頼まれると、断れなくなってしまう。レナちゃんはまだ大学生でも、バイトのリーダー的存在で厳しい子だから、うまく断って杉本君に仕事をさせてくれると思ったのに、笑顔に籠絡《ろうらく》されたのだろう。

「店長は未《いま》だにガラケー使っていて、スマホやタブレットなんか使いこなせないって感じだし」杉本君が言う。「葛城さんもスマホは持っていても、使いこなせてませんよね。本社の人たちも、そういう感じなんだろうな。やっていることの古さに気づけずに、昔のままで何も変えないでいいと思っている。この店も、ちょっと古いですよね。北欧ブランドが流行《はや》ったのって、何年前？　って感じじゃないですか」

「わかった。そういうことは、店長がいる時にまた聞きます」

杉本君にそれだけ言い、わたしはレジ裏にある扉を開けて、更衣室に入る。

わたしが入社して二年が経ったころに、会社がカフェ経営を始めることになり、キートスはオープンした。それからずっとキートスでの勤務を希望してきた。副店長として配属された時は、すごく嬉しかった。ちょっと古いのかもしれないと感じることはあるけれど、常連のお客さんはたくさんいるし、雑誌で見たと言って地方から来てくれるお客さんもいるし、ＳＮＳにアップするために写真を撮っているお客さんも多い。流行と少しずれてしまっているとしても、いい店だと思っている。

今の店長は男性で、杉本君と同じように今月の初めに配属されてきた。新卒入社してからずっと全国のあらゆるタイプの店に異動をつづけてきた人なので、仕事のことは改めて教えなくてもよくわかっている。イタリアンレストランにいた時にも一緒に働いたことがあり、頼りになる人だ。けれど、わたしは五月までいた前の店長の方が好きだ。わたしより一年先輩の女性だった。社員は一店舗に三人が基本で、杉本君と交替するようにもうひとりの社員も異動になった。バイトから社員になった二十代後半の女の子だった。アルバイトも八割が女の子だから、みんなでお洒落でかわいい店を作りあげてきた。チェーン店でも、本社に言われるままやるのではなくて、できる範囲で個性を出すようにした。クリスマスやハロウィンには、みんなで店中を飾りつけた。

杉本君と話していると、大事にしてきたものを無神経に壊されている気分になる。

でも、彼の言うことに対して、わたしが怒って反論したら、仕事が進まなくなる。そして、常に余裕の笑顔でクールぶっている彼は、十歳も上のわたしが感情的になったら、バカにして笑う。

彼はまだひとりで厨房のオープン準備ができないかもしれない、と思いながら任せたわたしと店長の判断ミスと考えた方がいい。

十一時に開店してすぐに来る常連のお客さんがいる。

その人は、必ず鶏の唐揚げの南蛮漬《なんばんづ》けランチセットを頼む。

北欧風のカフェでも、ごはんとおかずと味噌汁《みそしる》という定食屋のようなセットをメインとしている。開店と同時にランチタイムがはじまる。十二時になるころには満席になり、十四時までは途切れずにお客さんが来る。

開店までに、レジ開けをして、レナちゃんが揚げた鶏の唐揚げを南蛮漬けのタレに漬けて、他の下準備ができているか確認しなくてはいけない。

まずは、制服に着替える。

白いシャツを着て、黒のパンツを穿《は》き、腰に青いエプロンを巻き、シャツの胸ポケットに名札をつける。

店の正面は全面ガラス張りで、その上に青い看板がある。看板より上は、白い壁になっている。ガラス扉を入ってすぐ右手にレジカウンターがある。壁沿いは右も左もソファー席になっていて、真ん中に椅子《いす》席が並んでいる。店内の壁も白い。ソファーに張られた布は看板と同じ青で、テーブルと椅子は木目の美しい北欧風のものだ。北欧ブランドの家具で揃《そろ》えるのは予算的に無理なので、北欧風のものを探したようだ。その分、食器にはお金をかけ、フィンランドのブランドのもので揃えている。キートスは、都内はここだけだが、札幌《さっぽろ》と大阪にも一店舗ずつある。フィンランドまで行き、三店舗分の食器をまとめて買いつけることで、予算内に収めたらしい。奥にドリンクカウンターがあり、その裏が厨房だ。

開店してすぐに来る常連のお客さんは、レジカウンターの正面、ガラスに接した椅子席に必ず座る。眼鏡《めがね》をかけ、スーツを着た男性で、いつもひとりで来る。わたしがキートスで働くようになって七年、彼は毎日来ている。雨の日も、雪の日も、台風の日も、欠かさずに来て、同じ席に座る。そして、鶏の唐揚げの南蛮漬けランチを頼む。メニューは季節ごとに変わるので、鶏の唐揚げの南蛮漬けランチは七年前からあったわけではない。だが、鶏肉のメニューは何かしらある。南蛮漬けと同じように唐揚げをアレンジしたもの、塩《しお》麹《こうじ》に漬けて焼いたもの、つくね状にしたもの、彼は必ずそれらを頼む。

南蛮漬けが間に合わなかったらどうしようかと思ったが、レナちゃんがちゃんと漬けておいてくれたおかげで、大丈夫だった。

いつも通りに注文されたので、いつも通りに出した。彼は、スマホを見たり、外を気にしたりすることもなく、黙々と食べている。

今日はまだ、他のお客さんはいない。

「あのお客さん、いっつも来ますよね」ドリンクカウンターでわたしの横に立ち、杉本君は小さな声で言う。

「七年間、毎日来てるから」

「マジっすか？」引いているような目をする。

「マジです」

「何してる人なんだろう。毎日、スーツですよね」

この辺りにある音楽やデザインの事務所に勤める人は、カジュアルな服装で働いている人がほとんどだ。毎日来るというのも不思議だし、スーツ姿も目立った。アルバイトの女の子目当てに来ているストーカーではないかと思ってしまったこともあった。他の常連のお客さんの中には、店員と話す人もいる。話さなくても、何度かいらっしゃるうちに持ち物や一緒に来る相手で、どういう方なのかがなんとなくわかる。しかし、毎日来る彼のことだけは、ずっと謎だった。社員もアルバイトも、誰もが「わからない」と言っていた。わかっていたのは、わたしが異動してきた三ヵ月くらい前から来るようになったということだけだった。

正体が判明したのは、四年前だ。

新しくアルバイトに入った女の子が彼を知っていた。

彼は、隣の駅にある予備校の数学講師だ。

高校生のころに彼の授業を受けたことがあると、アルバイトの女の子は話していた。この数年、少子化やネット配信の影響で、予備校での授業は縮小傾向にあるらしい。隣の駅にある予備校も、わたしが高校生のころは、巨大予備校として有名だったが、この何年かの間に一気に校舎の数を減らした。だが、隣の駅には今も、大企業の本社としか思えないような本部校舎が残っている。前をよく通るのだけれど、とてもキレイなビルだ。購買や食堂の他に、展望デッキまで揃っている。展望デッキからは、都心の夜景が見渡せるらしい。あんなところで浪人生活を送ったら、毎日楽しくて、大学に行く気をなくしてしまうのではないだろうか。

　お客さんは、羽鳥《はとり》先生といい、数学のカリスマ講師として有名な人だ。彼の授業を受ければ、数学が苦手な生徒も、国公立を受けられるようになると言われているらしい。

　その話を聞いたアルバイトの女の子たちがネットで検索したら、彼がインタビューを受けている記事が出てきた。いつも無表情で鶏肉を食べている羽鳥先生は、笑顔で子供たちの未来について語っていた。とにかく数学が好きで、子供も好きということだった。大教室で授業をする人気講師だが、ひとりひとりと向き合うことを大切にしていて、質問に来た生徒にはとことん付き合うと書いてあった。年上だろうと思っていたが、わたしと同い年だった。

　わたしから見たら先生ではないけれど、「羽鳥先生」というのが、キートスの店員の中であだ名のようになっている。

「あのお客さんが何してるか、わたし知ってる」杉本君に言う。

「えっ？　そうなんですか？」

「教えないけど」

「ええっ、教えてくださいよ」かわい子ぶっているような、言い方をする。

杉本君は、今は特定の彼女はいないらしい。だが、特定ではない彼女は何人かいるようだ。その中には、かわい子ぶれば言うことを聞いてくれたり、お金を出してくれたりする年上の女もいるのだろう。配属されてきて初めて会った時には、かっこいい子が来たと少しだけ喜んでしまったけれど、彼の性格は三週間でよくわかった。どんな顔をしても、わたしはだまされたりしない。

「教えません。それより、お喋《しゃべ》りしている場合ではないよね」

「なんでですか？」

「厨房で、ランチの準備をしてください」

「葛城さんがやればいいじゃないですか。僕、ホールやりますよ」

「今日のあなたは、キッチンでシフトに入ってるの」

「社員って、ホールができればいいんですよね」

シフトは、ホールを担当するホールと厨房を担当するキッチンで、わかれている。社員は、ホールでしかシフトに入らない。でも、ホールにいる時も厨房の様子を気にして、忙しい時には手伝いに入らなくてはいけない。たとえ厨房に入ることがたまにしかないとしても、社員である以上はできるようになるべきだ。ただ、杉本君にそれを言っても、通じない気がする。効率が悪い、とまた言われそうだ。

「わたしが厨房に行くと、ホールは十二時からのバイトが来るまでひとりだけど、いいの？」

「ああ、ちょっと無理かもしれません」

　ホールの仕事は、水を出して注文をとり、レジを打つだけではない。ドリンクを淹《い》れるのも、ホールの仕事だ。杉本君は、カフェラテやカプチーノを淹れる機械の使い方もまだ憶えていない。

「じゃあ、厨房に入って。そもそも、杉本君がキッチンで、厨房にいるレナちゃんがホールだから」

「じゃあ、僕とレナちゃんで、ホールやりますよ」ホールだけではなくてレナも、英語のような発音で言う。

　キッチンもシフトもマニュアルも、杉本君はカタカナ語は全て英語のような発音をする。日本語のはっきりした音が気持ち悪いらしい。

「杉本君のせいで、オープン準備がまだ終わってないから、ひとりでキッチンは無理」

「店長は、キッチンで入らないじゃないですか」

「あの人は、なんでもできるからいいんです」

「あの人？」何か言いたそうに、杉本君は笑う。

「なんですか？」

「いや、なんか、今の言い方に愛情がこもっているように感じて」

「はあっ？」

「店長と葛城さんって、なんかあるんじゃないですか？」

「店長、結婚していて、かわいい子供が二人いるから」

「そんなの関係ないですよ」

「こんな狭い中で、不倫なんてしません」

「葛城さん、彼氏いるんですか？」

「お喋りしてる場合じゃないから、さっさと厨房に行って」

「男の話をすると、すぐ怒る」

　人をバカにしている顔で笑いながら、杉本君は厨房に入っていく。

　わたしが年齢を気にするようになったのは、高齢出産という年になったからではなくて、杉本君が原因なのかもしれない。彼と話していると、年齢を意識してしまい、三十五歳で独身という事実が胸に刺さる。結婚を強く望んだりしていないし、どうしても彼氏が欲しいわけではないし、男の話をされても怒ったりしないと自分では思っていても、周りにはイライラしているように見えるのかもしれない。

ガラス扉が開き、お客さんが入ってくる。

「メイちゃん、おはよう」

　軽い口調でそう言いながら入ってきたのは、鯨岡《くじらおか》さんだった。

　名札には、フルネームで「葛城メイ」と書いてあるので、常連のお客さんの何人かはわたしを「メイちゃん」と呼ぶ。店長からもそう呼ばれているし、アルバイトの子たちからは「メイさん」と呼ばれている。店でわたしを「葛城さん」と呼ぶのは、杉本君だけだ。

「おはようございます」

「ソファー席いい？　この後で、もう三人来るから」

「どうぞ、広い席使ってください」

「ありがとう」

　壁沿いのソファー席に座る。

　長めの髪に無精髭《ぶしょうひげ》、ジャケットを羽織《はお》りつつも、Tシャツを着てラフな感じのパンツを穿いている。鯨岡さんは、キートスによく来るお客さんの見本のような人だ。近くにある音楽事務所に勤めていて、打ち合わせを兼ねたランチに、週に二回か三回は来る。有名なミュージシャンと仕事をしているみたいだ。わたしのことを「メイちゃん」と呼ぶし、タメ口で気軽に話しかけてくるから、年上だろうと思っていたら、五歳も下だった。ニュースサイトの若手クリエイター特集に出ていて、プロフィールに年齢が書いてあった。羽鳥先生を引いた目で見る杉本君は、鯨岡さんを憧れの目で見ている。わたしは音楽のことはよくわからないので知らなかったのだけれど、人気のある人らしい。打ち合わせ以外に、鯨岡さんは夜にも来る。いつも違う女性と一緒だ。だいたい女性が先に来て、鯨岡さんが来たらすぐに出ていく。

「メイちゃん、先にアイスコーヒーだけお願い」鯨岡さんが言う。

「メニューは置いといた方がいいですよね」ソファー席の横に立ち、水とメニューを出す。

「うん、ランチも食べるから。外、蒸し暑くて、喉渇《のどかわ》いちゃって。雨で暑いって、最悪だよな」話しながら、ジャケットを脱ぐ。

「そうですね」

「夏になったら、デートしようよ」

「考えておきます」笑顔でかわして、ドリンクカウンターに戻り、アイスコーヒーをグラスに注ぐ。

三年くらい前に、鯨岡さんはキートスに来るようになった。それから何度もデートに誘われているが、適当にかわしている。アルバイトの女の子にも満遍《まんべん》なく声をかけているから、本気ではないとわかっている。しょっちゅう違う女の人とデートして、女の子たちみんなに声をかけて、疲れないのだろうか。

アイスコーヒーを鯨岡さんに出したのと同時に、羽鳥先生が伝票を持って席を立ったので、わたしはそのままレジカウンターに入る。

「ありがとうございます」伝票を受け取る。

「五月生まれなんですか？」羽鳥先生が言う。

喋った！

羽鳥先生が喋った！

注文する時に「鶏のランチセット、飲み物はアイスティーで」と言う以外に、羽鳥先生がここで喋ったことはない。

驚いてわたしが黙ってしまったからか、羽鳥先生は焦ったような顔をする。

「あっ、いや、その、名前が、メイだから」

「ああ、違います。五月のメイではないです。六月生まれなんで」

「そうなんですね。なんか、すみません」下を向き、お財布からお金を出す。

羽鳥先生の肌は白い。杉本君のピンクがかった白さとは違って、青白い。それが耳まで赤く染まっていた。いつもは、ぴったりかおつりが最低限になるようにお金を出すのに、動揺したのか、一万円札を出した。

「気にしないでください」

「六月のいつなんですか？」

「今日です」

「えっ？」顔を上げ、わたしを見る。

羽鳥先生は注文の時はメニューを見ていて、会計の時はお財布を見ているので、いつも斜め下を向いている。

初めて、正面から顔を見た。

おとなしそうで地味に見える人だけれど、かっこ悪いわけではない。細い目で優しい顔をしている。こういう顔を好きな女性は、多いんじゃないかと思う。女子生徒に人気がありそうだ。銀縁《ぎんぶち》の丸眼鏡がよく似合っている。

「今日、誕生日なんです」わたしが言う。

「そうなんですか。それは、おめでとうございます」

「ありがとうございます」おつりを返す。「あっ、えっと、今のは、おめでとうに対するありがとうです」

「はい」おつりをお財布に入れて、羽鳥先生は顔を赤くしたまま、ガラス扉を開ける。

傘をささずに、駅の方へ早足で歩いていく。

「ありがとうございました」背中に向かって言う。

名札には、「葛城メイ」と書いてあるが、「メイ」は本当はカタカナではない。

「命」と書いて、「メイ」と読む。

「葛城命」と書くと、アイドルの追っかけや暴走族みたいなので、名札ではカタカナにした。

三十五年前、父が名付けてくれた。

わたしが産まれた時、父はこの世の出来事とは思えないほどの大きな喜びを感じたらしい。自分の全てを懸けて娘を守ると決め、「命」と名付けた。

ひとりっ子なので、父と母の愛情は常にわたしだけに向けられた。父は、しつこいくらいに何度も「メイちゃんは、ボクの命。命より大事なボクのメイちゃん」と、言っていた。わたしが小学生になっても、中学生になっても、高校生になっても、大学生になっても、言いつづけてくれた。友達と同じように、「お父さん、汚い」と思ったこともあったが、いつも笑顔でわたしを見ている父に反抗なんてできなかった。付き合って一年が経った高校三年生の誕生日に、父にフウちゃんを紹介した。その夜、父は寝室で泣いたらしい。母が笑いながら、話していた。

大学の卒業式の日、父は袴《はかま》を穿いたわたしの写真を何枚も撮った。出かける前には、父と母とわたしの三人で家の前に並び、迎えにきてくれたフウちゃんに写真を撮ってもらった。

卒業式を終えて家に帰ったら、父はいなくなっていた。

それより十年も前から、父には愛人がいた。

仕事で遅くなることも、出張に行くことも多かった。愛人と会ったり旅行に行ったりしているなんて、わたしも母も疑いもしなかった。

娘を大学卒業するまで育て、親としての義務を終えたと考えた父は、今までのことを全て母に話し、離婚届を置いて出ていった。

それから三年と二ヵ月後、「メイは、お母さんの命」と言ってくれていた母は、乳がんで亡くなった。一年間の闘病をつづけた末のことだ。母が亡くなったことを父に伝えようと思っても、連絡先がわからなかった。父は出ていった後に、携帯電話の番号もアドレスも変更したようだ。どこに住むということも、言わなかった。会社は、出ていく一ヵ月も前に辞めていた。一ヵ月間、父は会社に行くフリをして、愛人と暮らす準備をしていたのだろう。離婚しても、父とわたしが親子であることに変わりはないのだから、いつか連絡をくれるんじゃないかと思っていたのだけれど、待っても無駄だった。

母の一周忌が終わってすぐの誕生日に、フウちゃんと別れ、わたしを自分の「命」と同等に考えてくれる人は、この世界にひとりもいなくなった。


仕事を終えて帰ろうとしていたら、みっちゃんからＬＩＮＥが届いた。〈どうせ予定なんでしょ。お祝いしてあげる。いつものところ〉と、書いてある。

予定があるフリをしようか一瞬だけ迷った。

しかし、アパートに帰ったところで、ひとりで夕ごはんを食べるだけだ。

誕生日だからってお祝いする必要はない。産んでくれた親に感謝する日だ。そう思っても、感謝すべき父も母もいない。母方の祖父母はわたしが小学生のころに亡くなっている。父方の祖父はもともといなくて、祖母とは父が出ていってから連絡をとっていない。おじやおばやいとことは、母の三回忌から会っていない。そこには当然のように、父方の親戚は誰も来なかった。お通夜《つや》や告別式にも来なかったのだから、来るはずがない。母の兄である伯父《おじ》がそのことに怒るので、七回忌からはわたしひとりでやることにした。連絡をとろうと思えばとれる親戚はいるのだから天涯孤独ではないけれど、それに近い感じがする。

今、大病になったとしても、頼れるのはみっちゃんだけだ。法律的な手続きがよくわからなかったため、戸籍上でわたしは父の長女のままだ。父に連絡がとれないと、死んだ後で入れるお墓がない。伯父に頼めば、母と同じお墓に入れてもらえるだろう。だが、頼みにくい。終活して、自分ひとりでも入れるお墓を買った方がいい。そして、みっちゃんか誰かに遺言を伝えて、死んだ後に骨が彷徨《さまよ》わないようにしなくてはいけない。フウちゃんと結婚していたら、葛城家の籍から抜けることができて、こんなことを考えないで済んだ。

思考が暗い方へ転がっていく一方だし、どれだけ考えても、お祝いしてくれる人も感謝すべき人も、みっちゃんだけだ。

〈了解。すぐ行く〉と返信して、更衣室を出る。「お先に失礼します」と店長とアルバイトの子たちに言い、裏口から出る。

雨は、朝と変わらない強さで、降りつづいている。

傘をさし、駅まで歩く。

誕生日に働いたら、サプライズでお祝いしてもらえないか少しだけ期待していたのだが、何もなかった。二十代の時は、当日働いていなくても前日や翌日にお祝いしてもらえることが何度かあった。前の店長とは、アルバイトの子たちのお祝いを考えた。もうひとりの社員の子とアルバイトの子たちがわたしと店長のお祝いも考えてくれた時には、「そういう年じゃないから」と言って、断った。それでも、小さな花束やプレゼントをもらったりした。学生が多いので、アルバイトの何人かは、三月の終わりに辞める。けれど、去年から働いている子もたくさんいる。誰も、わたしの誕生日なんて憶えていないのだろう。社員は、アルバイトの子たちから一本も二本も線を引かれたところにいて、友達ではない。今の店長と杉本君が来てから、その線は更に多くなった気がする。

電車に乗り、一駅先まで行く。

駅を出て、羽鳥先生が勤める予備校の本部校舎の前を通り、十分くらい歩いたところにある雑居ビルに向かう。四階にストロボというバーが入っている。古いビルなので、エレベーターが遅い。五階で止まっているから、なかなか来ないだろう。

しばらく待って、やっと来たエレベーターに乗る。

みっちゃんは、この近くにある広告代理店に勤めているので、最近はストロボで会うことが多い。わたしが前にいたイタリアンや居酒屋は都内でも、二十三区から少し外れていた。その間は、みっちゃんともあまり会わなかった。キートスに配属されてからアパートも仕事先も近所になり、月に何度も会うようになった。わたしたちの通った高校は、神奈川県の多《た》摩《ま》丘陵《きゅうりょう》の中にあった。森に埋もれるように校舎が建っていて、近くにはコンビニどころか家もない。二駅先にあるファストフードやファミレスに行くだけで、精一杯だった。都心に近いところにある暗めの照明のバーでお酒を飲むようになるなんて、あのころは想像もできなかった。

エレベーターを降りて、正面にある木の扉を開ける。

奥のテーブル席に、みっちゃんだけではなくて、小柄で丸っこい男の人がいた。後ろ姿しか見えなかったが、大《だい》ちゃんだとわかった。

大ちゃんも、高校生のころからの友達で、フウちゃんの親友だ。別れて、フウちゃんとは会わなくなったけれど、大ちゃんとの友情はつづいている。大ちゃんも独身なので、わたしとみっちゃんが会っているところに、たまに参加する。

「おめでとう」わたしの方を振り返り、大ちゃんが言う。

「ありがとう。また太った？」大ちゃんの横に立ち、Ｔシャツから出ているむっちりとした二の腕に触る。

「ボディタッチやめろよ。好きになっちゃうだろ」

「ならないでしょ」奥に入り、わたしはみっちゃんの隣に座る。

「お祝い」みっちゃんは、テーブルの上にある赤ワインのボトルを手で指し示す。

「半分しかないよ」

「飲んじゃった」笑いながら、みっちゃんは言う。

大ちゃんは笑いながらも、マスターにわたしのグラスをもらいにいき、ワインを注いでくれた。自分のグラスとみっちゃんのグラスにも注ぎ足す。

「おめでとう」みっちゃんと大ちゃんが改めて言ってくれる。

「ありがとう」改めて、お礼を言う。

乾杯して、ワインを一口飲む。

お腹がすいていたので、マスターに特製焼き飯を頼む。

「メイちゃん、いくつになったの？」焼き飯を持ってきたマスターがわたしに聞く。

「三十五歳です」

冗談っぽく若く言ったり、いくつでしょうか？　と言ったりするだけ痛々しい感じになるので、正直に言う。

「いいねえ、まだまだ若いなあ」呟《つぶや》くように言い、マスターはカウンターに戻っていく。

マスターは、年齢不詳という感じだが、五十歳は超えているだろう。六十歳近いんじゃないかと思う。髪も髭も、白い。かつては商社マンだったらしい。脱サラしてバーのマスターになった。どうして脱サラしたのか、家族はいるのか、特製焼き飯のコツはなんなのか、何を聞いても答えてくれない。商社マンだったというのは、他の常連客から聞いた。ストロボは、前の経営者からそのまま引き継いだようだ。

「彼氏できた？」ワインを飲みながら、みっちゃんが聞いてくる。

「できてないよ。みっちゃんは？」

「合コンはしてるんだけどね」

「どういう人と合コンしてんの？」

「マスコミ系とか、技術系とか」

「技術系？」

「エンジニアみたいな人」

「ふうん」

「メイも参加する？」

「いいや、合コンは」

　去年の春に二年間付き合った彼氏と別れて以来、みっちゃんは必死になって婚活している。顔はキレイな方なので、高校生のころからみっちゃんはもてた。一年以上彼氏が途切れたのなんて、初めてだ。でも、ひとりと長くつづくこともなかった。二年間付き合ったのが最長だったから、結婚するのだと思っていた。別れた理由を、みっちゃんは語らない。

自分がかっこ悪く見える話をするのは、好きじゃないからだ。

「合コンでも行かないと、出会いないでしょ」みっちゃんが言う。

「うーん、出会いはあるけど」

「あるの？」

「今月配属されてきた店長と後輩社員は、二人とも男だよ」

「かっこいい？」

みっちゃんがわたしに聞くと、黙っていた大ちゃんが笑う。

「何？」みっちゃんが大ちゃんに聞く。

「いい歳して、男を顔で選ぼうとするから、みっちゃんは結婚できないんだよ」

「自分だって、結婚できてないでしょ」

「いいんだよ。俺は、四十歳になってから二十歳の嫁をもらうんだから」

「ロリコン」

「はあっ？　若い女が好きなのと幼い女の子が好きなのは、全然違うからな」

「自分が二十歳の女と付き合えるような、いい男だと思ってんの？」

「あのな、いい男じゃなくても、若い女とは付き合えるの。みっちゃんだって、大学生のころに気持ち悪いおっさんと付き合ってただろ」

「気持ち悪くなんてないから」

「いやいや、異様に身体鍛えてて黒光りしてたじゃねえか」

「鍛えてるのの何が悪いの？　顔はかっこ良かったもん」

「冷静になって考えろ。今、あのおっさんと付き合うか？」

大ちゃんに聞かれ、みっちゃんは考えている顔をする。

わたしは特製焼き飯を食べながら、黙って、二人のやり取りを見る。特製焼き飯は、卵とハムとネギしか入っていないのに、すごくおいしい。いいハムを使っているのだと思う。

特製焼き飯と一緒に、二人がおっさんと言っているみっちゃんの元彼は今のわたしたちより年下の三十歳だった、という言葉を飲みこむ。

いつまでも高校生みたいにみっちゃんをからかう大ちゃんも、二十歳くらいの女の子から見たら素敵な大人に見えてしまうかもしれない。大ちゃんは、オンラインゲームを通して知り合った友達と三年くらい前に起業して、今もその会社で働いている。ネット通販やブログがどうこうという説明を聞いたが、よくわからなかった。そのよくわからない会社で、大ちゃんは専務という立場らしい。高校生のころは、ただのパソコンオタクで、わたしやみっちゃんと同じくらいの身長の小さな身体からは、いじめられっ子のオーラが出ていた。実際にいじめられていたわけではないけれど、フウちゃんとゲームばかりしていて、目立つタイプではなかった。それなのに、今は専務になり、高そうなTシャツを着て、タワーマンションの高層階に住んでいる。

　大学生のころは、十歳以上年上の社会人と付き合っている女友達がたくさんいた。素敵な大人と付き合い、友達も素敵になっていくように見えた。今、同世代の男友達が二十代前半の女の子と付き合っていると聞いても、気持ち悪いとしか感じない。

「……付き合わない」みっちゃんが言う。「あのころとは、男の趣味も変わったしさ。今はもっと、インドアな感じの人の方がいいの。オタクは困るけど、文化系って感じ」

「はい、はい。そうですか」大ちゃんは、呆《あき》れた顔をする。

「それで、メイの仕事先の人は、かっこいいの？」

「店長は普通。結婚してるしね。後輩はかっこいいよ。すっごくかっこいい」

「そうなんだ。いいじゃん」

「でも、性格がちょー悪い」

「大人なんだから、ちょーとか言わないの。それに、古いよ」

「ああ、うん」

「性格悪くて、かっこいいって、それはそれでいいけどな。今度、キートス行くから、紹介してよ」

「いいけど、十歳下だよ」

「それは、駄目だ。駄目、駄目」話にならないという顔で、みっちゃんは虫を払うように手を振る。

　気持ち悪いと感じても、男が十歳以上年下の女の子と付き合うのは、よくある話だ。でも、女であるわたしたちが十歳以上年下の男の子を恋愛対象として考えるのは、駄目な気がする。

　芸能人やクリエイターの中には、十歳以上年下の男性と結婚した人もいて、ＳＮＳに結婚生活の写真をアップしたりしている。けれど、一般的ではないと感じる。絶対にないが、もしも杉本君と付き合うことになったところで、まず並んで歩けない。杉本君がかっこいいから特別なわけではなくて、若い子と並ぶと、普段は見ないようにしているほころびが目立つようになる。学生アルバイトの女の子たちを見ていると、そのつるんとした肌に、自分との年齢差を感じる。出産や育児に関しても、こちらの不安が彼らに伝わるとは考えられない。それに、十歳以上年下の男の子は、結婚なんて考えて付き合わないだろう。

「誰かいないかなあ」みっちゃんは、溜息《ためいき》をこぼす。

「そんなに、結婚したいの？」わたしが聞く。

「したいよ。子供、産みたいもん」

「そうなんだ」

「メイも、ぼうっとしてないで、婚活した方がいいよ」

「考えてはいるけど……」

「考えるだけじゃ駄目なの。行動しないと。あっという間に、四十歳になっちゃうよ」

みっちゃんが婚活を始めてから、会うといつも同じ話になる。そして、結婚するために必死なみっちゃんが正しくて、自分は間違っているという気持ちになる。

結婚したいのか、子供が欲しいのか、よくわからない。

フウちゃんと付き合っていたころは、結婚したいと思っていた。高校を卒業した後、わたしとフウちゃんは同じ大学に入った。都内に校舎があったので、神奈川県からは通学に一時間くらいかかる。わたしは実家から通っていたけれど、フウちゃんは大学の近くにアパートを借りてひとり暮らしをしていた。毎日のようにフウちゃんの部屋に行き、半同棲という状態だった。「大学を卒業したら、すぐに結婚しよう」と、何度も言われた。すぐにではなくても、いつか結婚するんだと信じていた。卒業して、父がいなくなり、仕事が忙しくなり、母のために病院にも行かないといけなくて、フウちゃんと会えない日が増えていっても、そう信じつづけた。フウちゃんは何度も病院に来て、「良くなったら、メイの花嫁姿を見せます」と、母と約束してくれた。母が亡くなった時も、フウちゃんはわたしの隣にいた。別れを切り出されるまで、わたしはフウちゃんと結婚して子供を産むという未来を、一度も疑わなかった。自分はひとりっ子だから兄弟や姉妹が欲しかったし、子供が好きなフウちゃんのためにも、二人か三人は産むと決めていた。

恋人がいたから、結婚したい、子供を産みたいと思っていたのであり、わたしひとりでは、どうしたいとも考えられない。その可能性を考えられる相手もいないのに、結婚や出産を望むのは、おかしい気もする。

出会いがないわけじゃない。

店長や杉本君の他に、羽鳥先生や鯨岡さんというお客さんもいる。大ちゃんの他にも男友達はいるし、マスターみたいによく行くお店の店員さんと話したりもする。既婚者は駄目、社内恋愛は問題がある、お客さんと付き合ってはいけない、大ちゃんやマスターとそういう感じになるとは思えない等々の問題は、置いておく。

それよりも、重大な問題がある。

考えて悩んだところで、誰もわたしのことを好きなわけではないから、話は進みようがない。

そして、わたしは八年間、誰のことも好きになれなかった。

日付が変わる少し前に、アパートに帰ってきた。

帰ってきたらまず、母の遺影に手を合わせる。

１Ｋのアパートなので、仏壇《ぶつだん》を置けるようなスペースはない。母の遺影は、本棚の上に置いた。他の写真も、一緒に並べている。写っているのは母とわたしだけだ。父の写真は、飾りたくなかった。しかし、撮ったのは、父だ。それか、フウちゃんだ。

目をつぶって手を合わせ、今日一日のことを母に報告する。

子供のころ、誕生日には必ず、母が作ってくれたケーキを家族三人で食べた。専業主婦だった母は、父とわたしのために毎日ごはんを作り、洗濯や掃除をして、どんな話も聞いてくれた。父がいなくなった後、母を悪く言う人がいた。その人たちが言うには、愛人を作った父よりも、気づかなかった母が悪いらしい。近所の人たちがうちの前で話す声は、窓を閉めていても聞こえてきた。母に直接「ご主人のメイちゃんに対する強すぎる愛情も、カモフラージュだったんでしょ。どうして気がつかなかったの？　ああ、元ご主人よね」と、笑いながら言った人もいた。どうして、母が悪者にされるのだろう。そう思っても、わたしは何も言えなかった。母も、何も言わなかった。

十二年も前のことなのに、外から聞こえてきた声も見下すような笑い声も、はっきりと思い出せる。

過去のこととして、全てを忘れるべきだ。どれだけ考えても、両親と暮らした日々は取り戻せない。父とのことが、わたしが独身でいる理由ではない。両親が離婚していても、結婚して幸せになった人はたくさんいる。わたしはわたしの人生を生きていかなくてはいけない。

それでも、記憶は消えない。

いなくなった父に別れ話をした時のフウちゃんが重なり、父がいなくなって呆然《ぼうぜん》としている母の姿にわたしが重なる。
目を開けて、窓の外を見る。
雨はまだ降りつづいている。
カーテンを閉めて、何も見ないようにする。

窓、というか、ガラスの壁の向こうに、東京タワーが見える。街は夕暮れに染まり、ビルに明かりが灯《とも》っていく。わたしの隣には、まだ三回しか会ったことのない男がいる。身長がわたしの半分もない彼は、さっきまでお菓子を食べていた両手でべったりとガラスに触る。模型のように小さく見える街がおもしろいみたいで、ずっと黙って外を眺めている。何を思ったのか、ガラスを舐《な》めようとする。

注意した方がいいのだろうか。

彼のお母さんは、ソファーに座ってお喋りしながら、ＳＮＳで話題のピンク色のクリームがかかったケーキを食べていた。

「向こうで、電車ごっこしようか」大ちゃんが彼に声をかける。

「うん！」大きくうなずき、彼は大ちゃんに連れられて、隣の和室へ行く。

電車のおもちゃで遊んでいるみたいで、和室からは子供たちの歓声が聞こえた。

ガラスには、彼以外の子供たちの手の跡もついて、柄のようになっている。

高校の同級生だった女子のグループで久しぶりに集まろうとＬＩＮＥが送られてきて、わたしが場所を決めることになった。言い出したのはわたしではない。どうして幹事をやらなくてはいけないのかと思ったが、絵本かアニメか何かの子供向けキャラクターのスタンプで「おねがい」と頼まれ、断るタイミングを失った。わたし以外の参加者の四人は、結婚していて子供がいる。みっちゃんは、仕事が忙しいと言い訳して、逃げた。

土曜日だからって実家や旦那さんに子供を預けられる人ばかりではない。赤ちゃんから小学校に上がる前くらいまでの子供連れでも大丈夫で、カラオケボックスやファミレスではなくて、できるだけお洒落なお店というのが彼女たちのリクエストだった。キートスにはおむつを替えられるようなところがないし、個室のあるお店だと予算オーバーしてしまうし、広い座敷席のあるチェーンの居酒屋というわけにもいかない。どうしたらいいのか悩んでいたら、大ちゃんが「うちでホームパーティーする？」と、言ってくれた。

タワーマンションの高層階にある大ちゃんの部屋には、広いリビングダイニングがある。和室もあり、そこを子供たちが遊んだり、おむつを替えたりする部屋にできる。リビングダイニングは全面ガラス張りになっていて、東京の街が一望できる。こんなにいい場所はない。食べ物は持ち寄りにすればいいかと思ったが、面倒くさいと言われそうだったので、うちの会社の系列店がやっているイタリアンのケータリングサービスを頼み、社割で予算内におさめた。デザートだけは、それぞれがお土産《みやげ》として、持ってきてくれた。

子供たちを大ちゃんに任せ、お母さんたちは喋りつづけている。

保育園や幼稚園に関すること、旦那や姑《しゅうとめ》の愚痴《ぐち》、一軒家とマンションのどちらを買うか、テレビドラマを見て自分も不倫したくなった、今日来ていない同級生の噂話《うわさばなし》。

わたしは子供たちと遊ぶフリをして、ソファーから離れた。

ガラスについた手の跡が気になるけれど、みんなが帰ってから拭《ふ》いた方がいいだろう。

去年の春、大ちゃんがここに引っ越してきてすぐに、みっちゃんと一緒に遊びにきた。

その時は、ドラマでしか見たことのないような部屋で、羨《うらや》ましいと感じた。ソファーもテーブルもダイニングセットも、有名ブランドのもので、何十万円もする。テレビは、どれだけ離れて見ればいいのかわからないくらい大きい。台所には、最新の家電が揃っている。しかし、３ＬＤＫもあって、ひとりで住むには広すぎるし、このお洒落で美しい空間を維持するのは大変だ。ガラスの外側はマンションが頼んでいる清掃の人に拭いてもらえるらしいが、内側は自分で拭かなくてはいけない。天井が高いので、上の方は業務用みたいな脚立《きゃたつ》が必要になる。陽当たり良好で、冬でも暖かい。その分、夏の間は、とても住んでいられないくらい気温が上がる。梅雨明けはまだなのに、晴れの日がつづいている。涼しくするために、クーラーは全力で動きつづける。風を通そうと思っても、開けられる窓は、台所と洗面所にある小窓だけだ。大きな窓があったとしても、風が強すぎて開けられないらしい。人間が住むべき高さではないという感じがする。

「メイ、みっちゃんって、今日はどうしたの？」ソファーに座っている友達に声をかけられる。

「仕事だって」答えながら、わたしはソファーに戻る。

「忙しいんだね。婚活もつづけてんでしょ？」さっきとは違う友達が言う。

「ああ、うん」

今日来ているのは、ユカ、アキ、サエちゃん、シホの四人だ。高校生のころは、それぞれ髪形も違ったし、服の趣味も違った。制服を着ていても、バラバラに見えたのに、今日は四人が同じ人のように見える。四人とも、ファストファッションのブランドと思われる服を着て、髪は軽く巻いている。ＳＮＳでよく見るタイプのコーディネートだ。

でも、わたしの服装も、彼女たちと似たような感じだ。ファストファッションのブランドの白いシャツにネイビーのパンツを合わせた。彼女たちが同じように見えるのは、服装が理由ではなくて、お母さんになったからなのかもしれない。わたしとみっちゃんには出せないオーラが彼女たちを包んでいるように見える。

「メイは？」わたしの正面に座る友達が言う。

「何が？」

「結婚しないの？」

「しないよ」

「彼氏は？」

「今は、いない」

もう何年もいないのに、最近までいた感じを出したくて、「今は」を強調してしまった。

「結婚するのは、メイが一番早いだろうなって思ってた」わたしの隣に座る友達が言う。

「そうだよね」その隣に座る友達が言う。「大学卒業したらすぐにフウちゃんと結婚するんだろうなって思ってたもん」

「ねえ。まさか、フウちゃんと別れるなんて、思わなかったよ」

「でも、結構、そういうもんだよね。わたしだって、前の彼氏とは三年付き合ったけど、旦那とは一年も付き合わなかったから。長くなると、逆に駄目な感じしない？」

「ああ、わかる。結婚の決断ができないってことは、その人じゃないってことなんだよね。わたしは旦那とは三年付き合ったけど、結婚することは最初から決めてたもん」

　みんなが話すのを聞きながら、わたしはあまっている赤ワインを飲む。大ちゃんが用意してくれたとっても高いワインだけれど、わたし以外の四人のうちの二人は授乳中だから飲めない。もう二人も、子供を連れて帰らなくてはいけないからと言い、少ししか飲まなかった。

「メイとフウちゃんは、いつまでも高校生のままって感じだったもんね」

「そう。それは、良くないなって思ってた。やっぱり、高校生と大学生じゃ付き合い方も違うし、社会人になると、もっと変わるじゃん。メイとフウちゃんを見て、純愛で羨ましいって思ってたけど、先に進めない感じだったよね。それに、何人かと付き合わないと、恋愛のことなんてわかんないから」

「でも、みっちゃんみたいに、何人もと付き合うのは、違うって感じしない？」

「みっちゃんもね、美人だし、仕事できるんだけど、男運悪いよね。なんであんなのと付き合うの？　っていうのと付き合って、すぐに別れて、やり捨てされてるだけみたいになってる時期もあったじゃん」

「あった、あった」友達は笑いながら、手を叩《たた》く。

「あれじゃ、結婚できないよ」

「婚活って、何してんだろ？」

「なんか、旦那の同僚が合コンで会ったみたい。ＳＮＳに写真載せてた」

「三十五歳にもなって合コンしてるとか、引く」

「ええっ、ちょっと羨ましいけどな。男と知り合う機会ないもん」

「旦那がいるでしょ」

「旦那なんて、男じゃないから」

　何がおもしろいのか、みんなで爆笑する。

「メイも、婚活してんの？」斜め前に座る友達がわたしを見る。

「ううん」

「みっちゃんと合コン行けばいいじゃん」

「メイは、合コンとか行かないでしょ」

「そうだよ。メイは、ずっとフウちゃんとだけ付き合ってて、そういうの行ったことないんだから」

「早く結婚した方がいいよ」

「結婚はどうでもいいけど、子供は早い方がいいよ」

「そう、そう」

「でも、三十五歳になったら、もう遅いんだけどね」

「高齢出産だもんね」

「二人目ならいいけど、ひとり目は大変だから」

「メイは立ち仕事してて体力あるから、大丈夫だよ」

わたしのことなのに、わたしが発言する隙《すき》のないまま、話は進んでいく。

結婚していない上に彼氏もいないというだけで、わたしやみっちゃんは、彼女たちより下の存在にされる。こんな風に、上から目線で忠告できるほど、結婚して子供を産むというのは、偉く感じられることなのだろう。

「あっ、もう帰らないと」窓の外を見て、わたしの隣に座る友達が言う。

外は、暗くなりはじめている。

まだ早いとわたしは感じるけれど、彼女たちにとっては、もう遅いと感じる時間だ。家に帰り、旦那さんのごはんを用意したり、子供たちをお風呂に入れて寝かしつけたりしなくてはいけない。

「わたしも、帰らないと」

そう言って、わたし以外の全員が立ち上がり、和室にいる子供たちを呼びにいく。慌ただしく帰る準備をして、そのまま玄関の方へ行き、出ていってしまう。

片づけをしていないリビングダイニングには、わたしと大ちゃんだけが残された。

大ちゃんは、グラスやお皿を食洗器に並べていく。

「ごめんね」わたしは、カラになったワインボトルを流しで洗う。

「何が？」

「どこかお店に行けばよかったよね」

「なんで？」

「だって、友達の家を借りたら、片づけしていくのが常識じゃん」

「みんなも普段はちゃんとやってると思うよ。俺とメイちゃんがいたから、気が抜けちゃっただけじゃないかな」

「そうだとしても、子供たちの世話を大ちゃんに押し付けたみたいになっちゃったし」

「いいって。子供たちと遊べて楽しかったし、久しぶりにみんなの話を聞けておもしろかったから」

「ありがとう」

「どういたしまして」大ちゃんは、笑顔でわたしを見る。

　今日来た友達は、大ちゃんのことも下に見ている。さすがに大ちゃんがいるところで、それを露骨に顔に出したりはしなかったけれど、雰囲気《ふんいき》でわかった。わたしが「大ちゃんの家でいい？」と連絡したら、誰かがわたしと大ちゃんの仲を疑うかと思ったが、誰も何も言ってこなかった。会社の専務になってもタワーマンションの高層階に住んでいても、彼女たちにとって、大ちゃんは恋愛対象外なのだろう。それは高校生の時から考えが変わっていないということで、手の平を返すよりもずっといいのかもしれない。でも、大ちゃんの部屋を「すごい」とか「お洒落」とか褒《ほ》める彼女たちの口ぶりに、バカにしているようなニュアンスを感じてしまい、自分のことではないのに悔しくなった。

「この前、風太《ふうた》も来たんだよ」大ちゃんが言う。

「えっ？」

「奥さんと一緒に、子供たちを連れてきた」

「そうなんだ。フウちゃんの子、いくつだっけ？」

「上の男の子がもうすぐ四歳で、下の女の子が一歳何ヵ月とか。二人とも、風太にべったりくっついててかわいかった」

「そっか、大きくなったんだね。子供は、いきなり大きくなるから、ビックリするよね。今日来てた子たちも、前に会った時は赤ちゃんだったのに、歩いたり喋ったりするようになっていて、すごいよね」

「風太、メイちゃんのこと、気にしてたよ」

「……そう。これ、ラベルはがした方がいいよね？」ワインボトルを大ちゃんに見せる。

「そのままでいいよ。そこに置いといて」

「うん」台所の隅にあるゴミ箱の横に置く。

　フウちゃんは、わたしと別れてから一年と少しが経ったころ、会社の後輩と結婚した。結婚式の日はよく晴れていて、わたしはみっちゃんの部屋でワインを飲んでいた。わたしは、結婚式に呼ばれなかった。みっちゃんは呼ばれたのだけれど、招待状の封筒を開きもせずシュレッダーにかけた。後日、参列した大ちゃんに写真を見せてもらったが、フウちゃんの奥さんは背が高くて気の強そうな人だった。三歳下でも、フウちゃんよりしっかりしているらしい。「メイちゃんとは真逆《まぎゃく》って感じだった」と言って、大ちゃんは笑っていた。

結婚したいと言いながらも、フウちゃんはわたしとの結婚を現実的には考えられなかったのだ。奥さんとの結婚は、付き合ってすぐに考えられた。

ほとぼりが冷めたと感じたのか、なんなのか、上の男の子が生まれた翌年に、フウちゃんから年賀状が送られてきた。別れてから連絡をとっていなくて、わたしが今住んでいるアパートの住所も伝えなかったのに、大ちゃんが勝手に教えた。年賀状には、子供と一緒にフウちゃんと奥さんが写った家族写真を使っている。わたしからは出さなくても、毎年送られてくる。そこには必ず、フウちゃんのヘタな字で「元気にしてますか？」と、書いてある。

「お腹すいてない？」食洗器をセットし終えて、大ちゃんがわたしに聞く。

「大丈夫。わたし、結構食べたから」

「そっか」

「大ちゃん、食べてないよね？」

「子供たちとお菓子食べた」

「お菓子だけでしょ？」

「ピザとかもつまんだから大丈夫」

「そう。窓、拭いておくね。使っていいタオルある？」

「いいよ、拭かなくて」

「でも、手の跡が残ってるから」

外が暗くなったため、ガラスについた手の跡がさっきよりも目立つようになっている。

「明日、ハウスキーパーさんが来るから」

「……ハウスキーパーさん？」

「週に一回、来てもらってるんだ。掃除の他に、洗濯や買い物もしてもらってる」

「そうなんだ。大ちゃん、もうお嫁さんいらないね」

「家事やってもらうために、結婚するんじゃないよ」笑いながらそう言い、大ちゃんは白ワインと生ハムを冷蔵庫から出して、リビングに持っていく。「少し飲むでしょ？」

「うん」ワイングラスを出し、わたしもリビングに行く。

ソファーに座り、大ちゃんにワインを注いでもらう。

今日来た友達のうち、専業主婦はひとりだけだ。二人はパートタイマーで、家の近所のスーパーやショッピングモールで働いているらしい。ひとりは、二人つづけて出産した後で勤めていた会社に復帰して、フルタイムで働いている。子供たちを保育園に預けるためのお金を稼いでいるようなもので、家計の足しになんてならないと話していた。働きに出るのは、お金のためだけではない。女性がずっと家にいて家事をするというのは、古い考えでしかなくなった。

でも、それならば、なんのために結婚するのだろう。

子供を望まない夫婦だって、増えてきているらしい。身体に事情があり、子供ができない人もいる。繁殖のために、結婚するわけではない。家計や家事を折半《せっぱん》するためだろうか。しかし、それでうまく生活していくのは、難しそうだ。役割分担のことで、揉めごとが絶えなくなると思う。好きだからというだけで、何十年も一緒にいられるほど、甘くはないだろう。老後のためと考えたら、わたしは恋人よりも、みっちゃんや大ちゃんといた方が楽なんじゃないかという気がする。三人で一つ屋根の下に暮らさなくても、同じマンションに住んでお互いの部屋を行き来していれば、孤独死することはない。お酒を飲んでいる時に、「もしもの時は、三人で暮らそうね」と、話したりもする。でも、実現することはないと思う。みっちゃんも大ちゃんも、いつか相手を見つけて、わたしから離れていく。

わたしはどうして、フウちゃんと結婚したいと考えていたのだろう。

フウちゃんは、わたしにとっても、結婚を現実的に考えられる相手ではなかった。結婚しようと言い合っても、子供のままで、ままごと遊びをしているようだった。

アパートに帰ったら、友達からＬＩＮＥが届いた。

〈今日は、ありがとう〉〈また飲もうね〉〈大ちゃんの部屋、すごかったね〉〈片づけ、メイに任せて、ごめんね〉〈次は、うちでやるから、許して〉〈子供たちがもう少し大きくなったら、どこか行こう〉〈温泉行って、ゆっくりしたい〉と、メッセージが並んでいる。

彼女たちは悪気があって、片づけをしなかったわけではない。上から目線の忠告も、わたしを心配して言ってくれたことだ。大ちゃんのことをバカにしているわけでもない。出世した高校の同級生を本気ですごいと思っている。四人とも、優しく親切で、子供を愛するいいお母さんたちだ。

卑屈に考えてしまうわたしが悪い。

それなのに、今日のことをみっちゃんに愚痴りたいという気持ちが止まらなくなる。彼女たちが本気で旦那を嫌いで愚痴を言っているわけではないのと同じように、わたしも彼女たちが嫌いなわけではない。

ただ、なんかちょっと納得できないだけだ。

日曜日のキートスは、平日や土曜日ほど忙しくない。

ランチがないし、近所にある音楽やデザインの事務所は基本的に休みみたいで、お客さんが少ない。近くに住む人がブランチに来たり、スイーツの写真を撮ってSNSにあげているような大学生くらいの女の子たちが来たりするぐらいだ。コーヒーや紅茶を飲みながら、ずっとお喋りしていて、なかなか帰らない。回転率が悪いのは飲食店として困るのだけれど、週に一日はこういう日もないと、店は回らなくなる。

店長は厨房の奥にある休憩スペースで店長会議のための準備を進めていて、わたしはレジカウンターのパソコンで発注の確認をする。アルバイトの子たちは新メニューの試作をしたり、厨房やドリンクカウンターの掃除をしたりする。杉本君が遅番でまだ出勤していないのもあって、おだやかな気持ちで仕事ができる。

平日と変わらないのは、羽鳥先生だけだ。

今日も羽鳥先生は、開店してすぐに来て、鶏の唐揚げの南蛮漬けセットを食べた。ランチはなくても、日曜日もセットメニューで同じものを出している。値段は、ちょっと上がる。

食べ終えても帰らずに、羽鳥先生はアイスティーを飲みながら、本を読んでいる。

本を読むことは平日でもあるので、いつも通りの行動だ。予備校の授業によって、出勤時間が違うのだろう。最近は、火曜と金曜と日曜は、本を読んでいる。小説とかではなくて、数学の難しそうな本だ。どんなに集中しているように見えても、ランチで満席になると、それを察したように店を出ていく。

しかし、予備校は日曜日も授業があるのだろうか。わたしは高校生のころ、横浜にある予備校に通っていた。日曜日は模試で、授業はなかったはずだ。カリスマ講師と呼ばれている羽鳥先生が模試の監督なんてやらないと思う。平日だって、毎日授業があるとは考えられない。

七月に入り、羽鳥先生は衣替えをした。

先月の終わりまでは、どんなに暑い日も、スーツにネクタイだった。七月一日から、襟付きの半袖シャツ一枚になった。白が多いが、水色のシャツの日もある。平日も日曜日も、同じ格好をしている。予備校が休みの日は、どこへ行くのだろう。

誕生日のことを聞かれた以外に喋ったことはないし、こちらから話しかけたりしない方がいい。常連扱いされるのが嫌で、来なくなってしまうお客さんもいる。向こうから話しかけられれば答えて、お喋りすることもあるが、こちらから積極的には声をかけない。羽鳥先生は、七年以上毎日来ていても、常連扱いされるのは苦手なタイプだろう。話しかけたら、明日から来なくなると思う。試してみたい気もするけれど、やめた方がいい。

厨房からレナちゃんが出てきて、まっすぐにわたしの方へ来る。

「メイさん、店長が呼んでます」

「何？」

「奥に来るようにって。わたし、ホールに入ります」

「お願いします」

発注の表を保存してから、厨房へ行く。業務用の冷蔵庫と冷凍庫の奥に白いパーテーションが一枚立っていて、その裏側に休憩用のテーブルと椅子が並んでいる。

「お疲れさまです」店長に声をかける。

「お疲れ。ホール、大丈夫？」

「レナちゃんが入ってくれたので、大丈夫です」

「そこ、座って」

「はい」店長の正面に座る。

新卒入社して、最初に配属されたイタリアンレストランでも、店長とは一緒だった。そのころ、店長は店長ではなかった。若手平社員同士で、仕事の基本を全て教えてもらった。前は名前で呼んでいたのだけれど、今ではすっかり店長でしかなくなった。わたしたちが若手だったのは、もう十年以上前のことだ。六月に店長が配属されてきた時、久しぶりに会い、体つきも髪形も二十代のころよりゆるくなって「おっさんになったんだな」と感じた。同じように、店長もわたしを見て、「老《ふ》けたな」と感じているだろう。店長は、わたしの三年先輩でも、一年浪人しているから来年で四十歳になる。

向かい合って座ると、働いてきた年月の長さを感じる。

イタリアンレストランにいたころは、店長の恋の相談に乗ったりもしていた。奥さんの前の彼女だ。わたしも、学生のころみたいにフウちゃんと会えなくて寂しいと話したりしていた。若かったころを知っている相手というのは、それだけで少し恥ずかしいものだ。杉本君がわたしと店長に何かあると感じたのは、そういう恥ずかしい空気だと思う。

「店長試験、どうする？」店長が言う。

「えっ？　もうそんな時期ですか？」

「まだ二ヵ月近くある。でも、受ける気があるなら、本社に伝えないといけない」

「……そうですよね」

「俺としては、メイちゃんに副店長でいてもらった方が助かるんだけど、いつまでも副店長っていうわけにもいかないから」

「そうなんですけど……」

「本社勤務希望ってわけでもないんだよな？　前の店長からは、そう報告を受けてる」

「はい」

「とりあえず、受けてみる？」

「うーん」

「一応、本社からの推薦も来てるから」

「そうですか……」

　毎年、九月の半ばに店長試験がある。

　うちの会社では、試験を受けなくても、副店長にはなれる。店舗勤務の社員のほとんどが二十代の後半で副店長になる。三十歳になるくらいで、店舗勤務のままで店長になるか、本社勤務になるかにわかれる。わたしは最初から店舗勤務希望で、本社勤務は考えたこともない。そして、入社当時は、三十歳になるよりも前に、寿《ことぶき》退社するつもりだった。入社した時から退社のことを考えているなんて甘いガキだ、と今では思う。だが、大学を卒業したばかりのころのわたしは、そのことになんの疑問も持たなかった。いつかは本社勤務したいと目標を掲げていた同期の方が先に結婚して、出産を機に退社した。子供が幼稚園に通うようになったため、今では系列のイタリアンでパートタイマーで働いている。社員より仕事のできるパートさんと恐れられているらしい。女性社員の多くは彼女と同じようにするか、出産後は十八時に退勤できる本社勤務になる。店舗勤務だと、週に何日かは夜遅くまで働かなくてはいけない。ファミレスや居酒屋に配属されると、深夜や朝までというシフトもある。子育てする女性社員を応援すると本社は言っているが、店舗内で揉めごとが起こる。男性社員が理解を示しても、独身女性社員と既婚女性社員の仲が険悪になっていく。

　寿退社せずに三十五歳になったわたしは、店長になるか本社勤務になるか、選ぶべきなのだろう。

　店長試験を受けたことはある。三十歳になったばかりのころに受けた。長かった髪をショートカットにして、気合を入れて臨んだが、不合格だった。翌年も受けて、不合格だった。更に翌年も受けたけれど、不合格だった。三年連続で、不合格になる人なんていない。二年目までは同期もいたけれど、三年目は後輩ばかりだった。同期は、女性二人が出産する前に退社して、男性ひとりが同じ業界の他社に行った。他はわたし以外の全員が店長になるか、本社勤務になった。すっかり落ちこぼれになったわたしは、店長試験を受けるのをやめた。

　前の店長も今の店長も先輩だけれど、このままではいつか、年下で後輩の店長が配属されてくる。七年も同じ店舗にいるというのは珍しいことだ。三年か、長くても五年で、異動の辞令が出る。本社からすっかり忘れられているのではないかと思っていたが、違うようだ。

「結婚の予定とかもないんだよな？」聞いていいのか迷っている声で、店長が言う。

「ないです」

「店長になった方が給料も少しだけ上がるぞ。その分、大変にはなるけど」

「はい」

　結婚や出産後も店舗勤務をつづける女性社員の中には、あえて副店長のままを選ぶ人もいる。店長になると、本社の会議に出たりもしなくてはいけないため、副店長より忙しくなる。店舗に対する責任も大きい。だが、独身女性社員で、いつまでも副店長でいるのは、わたしぐらいだ。そして、四十歳を過ぎても、店舗勤務をしている女性社員は、とても少ない。もともと女性社員は、男性社員の三分の一くらいしかいない。わたしの上の上の世代くらいまでは、結婚したら退社するのが普通だった。その世代からの反動か、四十代の女性社員は、役員になることを目指し、本社で男性以上に働いている。このままでは、わたしは、四十歳になっても独身で副店長という不名誉な感じのパイオニアになってしまう。

店長試験を受けよう！　と頭では考えられても、心が拒否する。

誰が発案したのか、うちの会社の店長試験は、今時考えられないようなことをやらされる。受験者は、朝六時に本社に集まり、山奥にあるお寺へ向かう。電車とバスを乗り継ぎ、移動に半日かかる。到着しても休む暇はなくて、お寺の掃除をする。それから三泊四日の合宿がはじまる。日の出と同時に起きて、掃除をして、ごはんと味噌汁と漬物だけを黙って食べるというのは、まだいい。苦手なのは、その合間にある自己啓発セミナーのような謎の修行だ。同期や後輩と向かい合わせに立って相手の欠点を言わされたり、近くの家にアポなしで行って「掃除をさせてください」とお願いするように命令されたりする。できないと、普段は優しいはずの人事部の社員に怒鳴られる。最終日には、圧迫面接がある。

どんなに辛いことも乗り越えられる精神が必要とか、どんな家でもキレイにできる掃除の技術が必要とか言われても、耐えられない。「適当にうまくやればいい」と、同期に励まされても、わたしには無理だった。一年目は、合宿の二日目の夜に熱を出して倒れ、東京に帰らされた。二年目は、最後まで進んだが、面接の途中にめまいを起こして、何も答えられなくなった。さっきまで圧迫していた人たちが優しくしてくれて、人間の怖さを見た気がした。三年目は無事に終えたと思ったのに、不合格だった。

「すぐに決めなくていいから」店長は、黙りこんでしまったわたしを気遣うように言う。

「ちょっと考えます」

「何かあれば、相談に乗る」

「はい。ありがとうございます」

「メイちゃんは副店長として優秀だし、今のままでもいいと思うよ」

「いや、でも……」

「店長になりたいならば、早い方がいいと思うけど」

まただ、と感じた。

昨日、大ちゃんの家でも「早い方がいい」と、言われた。

子供を産むのも、店長になるのも、何をするのも、早い方がいい。

でも、三十五歳では、もう遅いんだ。

「考えます。ホールに戻りますね」席を立ち、休憩スペースを離れて、厨房から出る。

羽鳥先生は、もう帰ったようだ。

レジカウンターの正面の席には、誰もいない。

午後になると、その席に陽が当たる。

ガラスに接したテーブルを少しずらして、ブラインドを下ろす。

配属されてきて一ヵ月半が経つのに、杉本君はまだ仕事を全て憶えていない。ホールも厨房も同時に憶えなくてはいけないから大変だけれど、そろそろわたしや店長がいなくても、仕事ができるようになってもいい。自分の時はどうだったのか考えても、思い出せなかった。

杉本君は、厨房の隅にある洗濯機の前に立ち、ぼうっと天井を見上げている。

店長とアルバイトの子たちにホールを任せ、わたしと杉本君で厨房に入ることになった。夜までは、フードの注文はほとんど入らないから、その前に掃除を教えようと思ったのだが、ダスターが足りなかった。洗濯してきてと杉本君に頼んだのだけれど、できないようだ。

「洗濯機の使い方、わからないの？」横に立ち、声をかける。

「これ、洗濯機なんですか？」杉本君は、洗濯機を指さす。

「えっ？」

業務用とかではなくて、家庭用の洗濯機だ。制服はそれぞれで管理することになっているので、ダスターぐらいしか洗わない。家電量販店で売っている中で、一番小さくて一番安いものだけれど、変わったところは特にない。誰がどう見ても洗濯機なのだが、杉本君には何に見えているのだろう。

「うちにあるタイプと違うから」

「家で、どんな洗濯機使ってんの？」

「普通のですよ」

「これが普通の洗濯機だよ」

「洗濯機って、正面から開けるのが普通ですよね？」

「それは、ドラム式だね」

店の洗濯機は縦型だ。杉本君の家では、アメリカにいた時も日本でも、ドラム式を使っているのだろう。二駅先にあるマンションで、杉本君はひとり暮らしをしているのだけれど、お父さまの所有する部屋らしい。高級マンションにお洒落な家具や家電が並んでいるのだと思う。ご両親は今もアメリカにいて、お姉さまはフランスにいる。

十歳下のイケメンの帰国子女というだけではなくて、杉本君はお坊ちゃまでもある。共感できそうなポイントが一つも見当たらない。

「……ドラム式？」首をかしげ、杉本君はわたしを見る。

「洗濯槽が縦か横かが違うだけで、変わらないから」

「せんたくそう？」

「これが洗濯槽です」洗濯機のフタを開けて、説明する。

「へえ」感心しているような顔で、銀色の洗濯槽をのぞきこむ。

からかわれているのかと思ったが、本気でわからなかったようだ。

「ここにダスターを入れます。薬品が付着しているものと付着していないものでわかれてバケツに入っているので、別々に洗ってください。スタートボタンを押して、表示された通りの量の洗剤を入れて、フタを閉めれば、洗濯ができます。わかった？」

「はい」杉本君は、笑顔でわたしを見る。

わかっているようには思えない笑顔だが、社員がダスターの洗濯をすることはたまにしかないから、いいだろう。バイトの子に「洗濯しておいて」と言えれば、充分だ。こうしているうちに、杉本君のできることが少なくなっていく気がするけれど、わたしの手に負えない。「本当にわかってるの？」と聞けば、マニュアルがどうとか効率が悪いとか、言い返される。どうにかしてほしいと店長に報告しても、笑って流された。

「葛城さん、店長になるんですか？」

「えっ？　誰から聞いたの？」

「バイトの子たちが噂していました」

「ああ、そう」

店長と話していた時、厨房にいたアルバイトの子に聞こえていたんだ。聞こえなかったことにするなんていう気遣いを、十代や二十代の女の子に求めてはいけない。しかし、さっき話したばかりのことが杉本君にまで伝わっているなんて、どんなルートと速さで噂を回しているのだろう。前にいたイタリアンや居酒屋では、アルバイトの子たちと一緒になってわたしも噂話をしていた。副店長や店長になると、その輪から弾《はじ》かれる。

「店長試験、受けるんですか？」

「まだ決めていません」

休憩の子は外に出ていて、他のアルバイトは全員がホールに出ている。厨房にはわたしと杉本君しかいないが、声を潜《ひそ》める。フードを出すオーダーカウンター越しに、厨房で話す声はホールに聞こえる。

「受けないんですか？」

「だから、まだ決めてないって」

「葛城さん、新卒入社ですよね？」

わたしが声を潜めている理由を察してくれず、杉本君は普通より大きめの声で喋りつづける。

「そうですよ」

「なんのために十五年も働いてるんですか？」

「まだ十三年目です」

「あれ？　葛城さんって、いくつなんですっけ？」

「三十五歳です。杉本君の十歳上」つられて、わたしも声が大きくなってしまう。

「ああ、そうか。それで、なんのために十三年も働いてるんですか？　店長になりたいとか、本社勤務になって新店舗のプロデュースをしたいとか、目標はあるんですよね？」

「……ありますよ」

「だったら、店長試験受けるべきじゃないですか？」

「店長になることが目標ではないから」

「じゃあ、何が目標なんですか？」

「それは……」

寿退社すると考えながらも、入社当時は目標があった。いつかフウちゃんと一緒に、カフェを開きたいと思っていた。大学生のころに二人で色々なカフェに行き、将来はお店をやろうと話した。映画を見て、ああいうお店がいいよねと話したりもした。ルーズリーフに、お互いが理想とするお店の絵を描いているうちに、朝になったこともある。目標のために、わたしはうちの会社に就職して、フウちゃんも食品会社に就職した。フウちゃんと別れてからは、店長になることがわたしの目標になった。

今は、何も目標がない。

店長と杉本君が配属されてくる前、女性社員ばかりで楽しく働いていたころに戻りたいというのが一番の希望になりつつある。せめて、何か問題を起こして杉本君が辞めてくれないかと思うが、そうなったら店長とわたしも責任を問われる。そして、杉本君は、問題を起こすようなミスはしない。仕事をなかなか憶えないくせに、頭はいいのか、適当に立ち回るのはとてもうまい。

「杉本君は、なんのために、うちの会社に入ったの？」わたしから聞く。「英語力を活かせる仕事とかの方が向いてるんじゃない？」

「将来的にはカフェをやりたいんです。留学生の交流の場になるような店にします。そのための勉強って感じですね。だから、居酒屋やファミレスに異動になったら、辞めます」

「ああ、そう」

「何年も同じ会社にいるっていう働き方は、健全ではないですよね。人間関係も固まってしまう。そうすると、そこに間違ったルールができあがる。たとえばマニュアルをいつまでも信じているのは、その証拠だ。決められたルールが正しいと思いこんでいる。僕は、それに従う気はない。だから、異動にならなかったとしても、三年くらいで辞めるつもりです。留学もまたしたいし」

「へえ、そうなんだ」

「それで、葛城さんの目標は？」

「教えない」

むかつくけれど、杉本君の心がけは立派だと思う。視野がグローバルな感じがする。そんな人に、本当は目標なんて何もなくて、このままがベストとは言えない。

「葛城さん、彼氏いないんですよね？」

「……はっ？」

「いや、日本の女性は、結婚と仕事の両立とか考えるんですよね。葛城さんは、それを考える必要もないんだから、もっと仕事をがんばればいいのにと思って」

「……えっと」

わたしはわたしでがんばって、アホで生意気な部下に仕事を教えているし、余計なお世話だ。

「いつから彼氏いないんですか？」

「結構前から」

「結構前って、いつですか？」

「八年くらい」

正直に答える必要なんてないのに、答えてしまった。友達に聞かれた時も、アルバイトの女の子たちに聞かれた時も、具体的な数字は言わずにごまかしてきた。

「二十七歳の時から彼氏いないんですか？」

「そういうことです」潜める気はなくても、声が小さくなっていく。

「うわっ！」杉本君は、いつもの引いている目をする。「それは、僕にはちょっと考えられないです」

「まあ、そうだろうね」

「彼氏はいなくても、ボーイフレンドはいるんですよね？」

「男友達はいるよ」

「えっと、そういうことではなくて、男友達よりもう少し進んだ関係というか」

「進んだ関係？」

「セックスフレンドみたいなことです」

「いないよ、そんなもん！」

「だって、八年間もセックスしてないなんてことは、ありえないでしょ。人として、気持ち悪いですよ」

「……」これ以上、何も話さない方がいい。

天井を見上げ、ぼうっとする。

どうしたらいいかわからない時に杉本君がこうしている気持ちが少しだけ理解できた気がした。上を向いていれば、落ちこまずに済む。でも、杉本君のことは、理解しきれない。理解したくもない。

「メイちゃん、上がりの時間」店長が厨房に入ってくる。「杉本にどこまで教えた？　あとは、俺がやっておくから」

「洗濯機の使い方は教えました。日曜日なので、冷蔵庫と冷凍庫周りの掃除をお願いします。では、お先に失礼します」

店長と杉本君に頭を下げ、厨房を出て、更衣室に行く。

一畳くらいしかない狭い更衣室の隅に座りこんで、天井を見上げる。

みっちゃんに〈飲みに行こう〉とＬＩＮＥを送ったが、〈実家〉とだけ返信があった。神奈川の実家まで電車で一時間くらいなので、みっちゃんはよく帰る。用事があるわけではないし、家族に相談するようなことがあるわけでもなくて、お母さんの作ったごはんを食べてテレビを見るだけらしい。

他に誰かいないかと思っても、急に連絡して飲みに行ける友達は、みっちゃんと大ちゃんだけだ。友達がいないわけではない。けれど、結婚している友達は、いきなり誘っても出てこられない。独身の友達は、仕事が忙しい。会うためには、昨日のホームパーティーのように事前の約束が必要になる。高校生や大学生のころは、学校の帰りに、友達とそのまま遊びにいったりした。社会人になったばかりのころは、忙しくても、もっと気軽に誘えていた。体力があったから睡眠時間を削っても平気だったし、仕事に今ほどの責任を感じていなかった。まだ誰も結婚していなくて、プライベートでの責任もなかった。

ホームパーティーの愚痴も、杉本君のことも、大ちゃんには話せない。ストロボで、マスターに話すようなことでもない。

こういう時に、彼氏がいればいいのに、と思う。ごはんを食べてお酒を飲みながら、なんでも聞いてくれる相手がいたらいい。辛い時には、抱きしめてほしい。彼氏がいれば、杉本君にあんなことを言われないで済んだ。「彼氏がいて、結婚を考えてるから、店長にはならなくてもいいかな」と言って、余裕でいられる。しかし、そんなことのために、付き合うわけにはいかない。

八年どころか、十年間も、セックスをしていない。

フウちゃんと別れるより二年も前から、しなくなっていた。高校三年生になる前の春休みに、フウちゃんの部屋で初めてのセックスをした。大学生になって、フウちゃんがひとり暮らしをはじめてからは、毎日のようにしていた。そのためにひとり暮らしをすることにしたんじゃないのか、と思えるほどだった。二年生の夏ぐらいがピークで、その後は数が減っていった。でも、毎日だったのが週に三回になったくらいだ。突然のブームのように、一週間毎日して、その後しばらくしないということもあった。卒業して社会人になると、会える時間も減った。月に二回か三回しか会えない時もあり、必然的にセックスの回数も減っていった。長く付き合っていればこうなっていくものだと思い、それほど深刻に考えていなかった。

母の病気がわかったころ、わたしは居酒屋に異動になった。昼間は病院に行き、夜中は働く。フウちゃんが母のお見舞いに来てくれた時ぐらいしか会えなくなった。休みの日にフウちゃんの部屋へ行くことはあったけれど、ごはんを食べて一緒に眠るだけで、キスもしなかった。とても疲れていたし、そういうことをする気分にもなれない。母が亡くなってからも、状況は変わらなかった。どうしたら、そういうことをしようという空気になるのかも、忘れてしまった。結婚して、子供を作ることが現実的になれば、しなくてはいけなくなる。だから、今はこのままでもいいのだろうと思っていたら、二十七歳の誕生日にふられた。

セックスをしなくなったころから、わたしとフウちゃんは、恋人ではなくなっていたのだ。

それとも、恋愛とセックスは、関係ないのだろうか。

食欲や睡眠欲と並べられるほど、性欲は必要なものではない。寂しかったり辛かったりして、誰かに抱きしめてもらいたいと感じることはある。けれど、セックスをしたいと思うことは、あまりない。たまに思ったとしても、その気持ちはすぐに引いていく。ごはんを食べて眠らなくては死んでしまうが、セックスをしなくても生きていける。でも、わたしの性欲がそれほどないというだけで、他の人は違うのかもしれない。

処女だった十八年近い間は、セックスするなんて気持ち悪いと感じたことがあった。どういう行為か知った時には、自分にはできないと思った。フウちゃんと初めてするまで、三ヵ月くらいは「無理」と言いつづけた。それなのに、初めての時にどう感じたのかは、忘れてしまった。報告した時に、みっちゃんが大騒ぎしていたのは憶えている。その時、みっちゃんはまだ処女だった。友達の多くが処女で、彼氏がいたこともないという子も珍しくなかった。

いつからか、みんながしている当たり前の行為になった。

大学に通っていた間、二十歳前後の数年で、常識がひっくり返った。

いい大人が十年間も性欲を忘れて生きているのは、杉本君の言うように、気持ち悪いことなのだろう。生物として、何かしらの機能が弱くなっている感じがする。それに、性格に問題のある証拠にも思える。女友達とはキスをすることも手をつなぐこともないのだから、セックスをしなければ相手のことを理解できないなんて思わない。千回くらいセックスしたフウちゃんのことだって、全てはわからなかった。誰ともしなくても、人間関係はちゃんと築いていける。でも、できる相手かできない相手かには明確な線があり、その内側に十年間も誰も入ってきていないのは、わたし自身の性格に問題があるからという気がする。わたしから誰かの線の中に入れてほしいと思ったこともない。

立ち上がって、制服から私服に着替える。

人前で裸になれないというほどではないけれど、あと何年もこのままではいられない。温泉や健康ランドに行くと、二十代の女の子の裸を思わず見てしまう。ハリがあって柔らかそうな身体は、どれだけ抗《あらが》ったとしても、失われていくものだ。

駅前のスーパーに寄ったら、羽鳥先生がいた。

毎日、キートスに来ているのだから、近所に住んでいるのだろう。でも、今まで一度も店の外で会ったことがなかった。羽鳥先生をキートスと予備校だけに存在している人のように、考えてしまっていた。店に来た時と同じ服装のままだった。

わたしは自転車通勤なので、動きやすいようにボーダーのＴシャツにデニムという格好だ。帰るだけだからと思い、化粧直しをせずに出てきてしまった。

向こうが気がついていないうちに帰ろうと思っていたら、目が合った。

しかし、羽鳥先生は何も言わずに、眼鏡の奥の目を凝らしてわたしを見ている。私服だし、普段と違う場所だから、誰かわかっていないのかもしれない。そのままわからないでいてくれることを願ったが、「あっ」と声を上げる。

「こんばんは」羽鳥先生が言う。

「こんばんは」近くまで行き、並んで立つ。

羽鳥先生は身長が高い方ではないので、少し見上げるだけでいい。これくらいの背の男性と話すのは、楽だ。杉本君と話している時、わたしは二十センチくらい上にある彼の顔をずっと見上げている。それも、杉本君といる時に感じる息苦しさの理由なのかもしれない。

「お仕事の帰りですか？」

「はい。お仕事の帰りですか？」わたしからも聞いていいだろう。

「いえ、今日は休みなので」

やっぱり、日曜日は予備校の授業はないようだ。

何か話した方がいいのか、このまま「失礼します」と言って別れた方がいいのか迷いながら、羽鳥先生の持っているカゴの中を見てしまう。カゴには、アニメのキャラクターが描かれていて、三パックセットになった子供向けのリンゴジュースや乳酸菌飲料が入っている。羽鳥先生は指輪をしていないから、勝手に独身だと決めつけていたけれど、子供がいるのだろうか。

「あの、これは、スムージーを作るのに、使うんです」

わたしの視線に気がついたみたいで、羽鳥先生は手でカゴを隠そうとする。

「えっ？　ああ、すいません。見てしまって」

「子供向けだから、余計な添加物は入っていませんし、少量でパックになっているから一度に使い切れるんで、いいんですよ」

「そうなんですね。お子さんがいらっしゃるんだと思ってしまいました」

「いません。結婚もしていませんから」恥ずかしそうな笑顔で、首を横に振る。

誕生日について聞かれた時、羽鳥先生を初めて正面から見て、こういう顔を好きな女性は多いんじゃないかと思った。

違う。

わたしがこういう顔の男性が好きなんだ。
羽鳥先生の笑った顔は、フウちゃんと似ている。
「では、失礼します」羽鳥先生が言う。
「失礼します」
レジの方へ行く羽鳥先生を見送る。
今までそんな風に思ったことはなかったのに、一度気がついたら止まらなくなる。
後ろ姿も、フウちゃんと似ていた。

三十歳になってからは、毎年八月にガン検診を受けるようにしている。

今のところ、不安になるような検査結果が出たことはない。しかし、母だけではなくて、母方の祖父母もガンで亡くなった。遺伝的に、わたしもガンになる可能性が高いと考えておいた方がいい。

三十代はまだ、ガン検診を受けるには、若い。軽度の被曝《ひばく》のリスクもあるため、ちゃんと考えるのは、四十代になってからでいいと言われている。けれど、二十代や三十代で、ガンで亡くなる人も少なくはない。どれだけ身体に気をつけていても、痛みも何もないうちに進行していく。若ければ、進行も速い。検診の際には見つからなかったガンが、ほんの数ヵ月後には、手の施しようもなくなっていることもある。毎月毎月、検診を受けるわけにはいかないし、リスクも考えた上でどうするのか、自分で決めるべきだ。

今年は区から子宮頸がん検診のクーポンが送られてきた。このクーポンがあれば、指定された病院で無料の検診が受けられる。他の検診も受けるか迷ったが、今年はこれだけにした。婦人科系の検診は受ける前から、他とは違う疲労感を覚える。

区に指定された病院はいくつかある。大学病院や総合病院も選べるけれど、ほとんどがレディースクリニックだ。レディースクリニックというのは、つまり産婦人科だ。出産どころか結婚の予定もないわたしには、行きにくい場所に感じられる。他の検診で行ったことのある総合病院にしようと思ったが、男の先生だった。先生たちは毎日毎日、何十人も診《み》ているのだから意識することではないと考えても、心が拒否する。

指定された病院をネットで全て調べて、先生もスタッフも女性で、診察室やロビーがキレイで評判がいいところを選び、予約した。

しかし、間違えたかもしれない。

同じことを考えたと思われる人たちで、とても混んでいる。

予約の時間通りに検診を受けられず、ロビーで待つことになった。

大きな病院ではないので、ロビーは一ヵ所だけだ。白い壁に囲まれて、ピンク色のソファーが並んでいる。ソファーに座っている中には、今にも産まれそうな大きなお腹の妊婦さんもいれば、ふくらみはじめたばかりのお腹を愛しそうに見つめている妊婦さんもいれば、わたしと同じように検診に来た人もいれば、婦人科の病気の治療に来た感じの人もいれば、不妊治療のために通っていると思われる人もいる。妊婦さんの中には、子連れの人も多い。やっと歩けるようになったくらいの子供たちは、退屈そうに動き回る。

誰がなんのために待っているかなんて、妊婦さん以外、見た目ではわからないはずなのだけれど、なんとなくわかってしまう。服装や顔つきが違う。百パーセント安全なお産なんてないのだし、産科と婦人科を完璧にわけることはできないのだろう。もっと大きな病院ならば、診療内容によって階をわけたりしているのかもしれないが、外来がワンフロアしかない病院では無理だ。

わたしには、出産の喜びも不安も、わからない。子供ができないかもしれないという気持ちも、わからない。婦人科の病気にかかったこともない。周りに座っている彼女たちが何を考えているのか想像もできないけれど、強すぎる感情があることは感じられる。

「あっ、すいません」隣に座っている女の人が言う。

一緒に来ている男の子が、さっきまでお母さんの膝《ひざ》に座っていたのに、わたしの足元で寝転んでいた。

「大丈夫です。退屈しちゃったのかな？」

「待ち時間、長いですよね」軽々と男の子を抱き上げる。

二十代後半くらいだろう。慣れた手つきで子供をあやしていて、わたしよりずっとしっかりしているように見える。

「そうですね」

「今、何ヵ月ですか？　まだお腹は出てないですね」

「わたしは、違うんです。婦人科の検診に来たんです」

「ごめんなさい」慌てて言う。

「大丈夫です。気にしないでください」

「すいません」

「本当に大丈夫です」

ガン検診だからそんなに気にしないでほしいと言いたくても、ここではどんな言葉も禁止されている気がした。

「どうしたの？」お手洗いから出てきた年配の女性が、わたしの隣に座る女の人に声をかける。

「もう少しかかるみたいだから、やっぱり、家で待ってて」そう言って、男の子を渡す。

「ばあばのうちで、遊ぼうか」女性は、男の子を抱き上げる。

おばあちゃんとお母さんと孫で、目のあたりがよく似ていた。

年配と思ってしまったが、五十歳くらいだと思う。娘が二十代で子供を産めば、四十代でおばあちゃんになることもある。隣に座る女の人は、そんなにお腹は大きくない。里帰り出産というわけではなくて、実家の近くにマンションを借りているとかなのだろう。

フウちゃんと付き合っていたころに何度か、「将来は、メイのお母さんも一緒に住もう」

と言われたことがあった。母は、「夫婦の邪魔はしたくないし、別に暮らす方がお母さんも楽。でも、孫には会いたいから、近くに住んで」と言っていた。

母は、わたしの花嫁姿を見ることを楽しみにしていた。

病院の先生から「後悔のないようにしてあげてください」と言われ、フウちゃんは「式は難しくても、ウェディングドレスで写真を撮って、お母さんに見てもらおうか」とできることを考えてくれた。そんなことをしたら、母が死ぬと認めることになる気がして、わたしは断った。意地を張らず、写真を撮ればよかった。そしたら、フウちゃんと結婚して、母に妊娠を伝えられたかもしれない。母は、二十歳でわたしを産んだ。あの時、わたしが子供を産んでいたら、若いおばあちゃんになった。みっちゃんは、わたしの前では子供が欲しい理由を「産みたいから」とか「欲しいから」とかしか言わないけれど、両親が望んでいるからというのもあるのだと思う。わたしだって、母が生きていたころは、孫を抱かせてあげたいと強く望んでいた。

でも、母は、わたしの花嫁姿も孫も本気で望んでいたわけではなかった。

祖父母が亡くなってから、母も毎年必ずガン検診を受けていた。それなのに、父がいなくなった後、受けなくなった。乳がんがわかった時、胸には大きなしこりがあった。もっと早くに気がつけたはずだ。一年間の闘病中も、まるで死を望んでいるように見えた。

起きている時間が短くなり、あと何日も生きられないと言われた日々の中で、母は目の前にいるわたしではなくて、そこにいるはずのない父のことばかりさがしていた。

病院から帰り、ゆっくりしようと思ったのだが、ひとりでいると気持ちが沈んでいきそうだった。

ごはんを作る気にもなれなかったから、ストロボに来た。

エレベーターを降りて、木のドアを開けたら、そこにはみっちゃんでも大ちゃんでもなくて、鯨岡さんがいた。

「あれ？　メイちゃん」カウンターの端に座っている鯨岡さんは、すぐにわたしに気がつく。

ドアを閉めて、エレベーターに戻ってしまいたいけれど、そんなことはできない。

「こんばんは」

店に入り、鯨岡さんの横に立つ。

まだ六時を過ぎたところだから、他にお客さんはいない。

「知り合い？」グラスを磨きながら、マスターはわたしと鯨岡さんを比べるように見る。

「お店によくいらっしゃるので」わたしが答える。

「メイちゃんの店、俺は行ったことないのにな」マスターが言う。

「事務所の近くなんで、よく行くんですよ」鯨岡さんは話しながら、隣の椅子を引いて、わたしの方を見る。「ここ、座りなよ。一緒に飲もう」

「……いや、ちょっと」

「待ち合わせとか？」

「そういうわけじゃないんですけど……」

「じゃあ、いいじゃん。俺もひとりだし」

「えっと……」

　キートスのお客さんとは、外で会わないようにしている。近所を歩いている時に常連のお客さんと会ったら、あいさつぐらいはする。しかし、バーベキューやホームパーティーに呼ばれても、断る。一度行くと、次からは断れなくなってしまうので、行かないと決めておいた方がいい。店にいる時にどれだけ親しく話しても、友達ではない。個人経営の店ではないのだから、お客さんとの間に線を引くべきだ。

　だが、ここで断るというのは、無理がある。

　カウンター席の他には、四人掛けのテーブル席が二つあるだけだ。狭い店に二人しかお客さんがいなくて、他の誰かと待ち合わせをしているわけでもないのに、離れて座る方がおかしい。離れて座ったとしても、鯨岡さんは話しかけてくるだろう。

「向こうにする？」鯨岡さんは、テーブル席を指さす。

「こっちで、大丈夫です」

「どうぞ」

「失礼します。ビールと焼き飯をお願いします」引いてもらった椅子に座り、マスターに注文する。

マスターはグラスにビールを注いで、わたしの前に置いてから、隅にある一口だけのガスコンロで焼き飯を作りはじめる。

「お疲れさま」グラスを取り、鯨岡さんは言う。

「お疲れさまです」

軽くグラスを合わせて乾杯をして、ビールを一口飲む。

大ちゃん以外の男の人と二人でお酒を飲むなんて、いつ以来か計算できないくらい、久しぶりだ。そんなに前ではないはずだが、思い出せるのは、会社の人と飲みに行ったことだけで、相手は同期ばかりだ。本社勤務の同期がエリアマネージャーになって、キートスの担当だったころは、よく飲みに行っていた。店舗勤務の同期とバイトの愚痴を言い合う会をたまにやっていた。それ以外で、誰か男性と飲みに行っただろうか。行っていたとしても、デートではないことは確かだ。

鯨岡さんとストロボで飲むのだって、デートではないけれど、大ちゃんや同期と飲むよりは色気のあることに感じられる。

「今日、仕事は？」椅子を近づけ、わたしの目を見て、鯨岡さんは話す。

「休みです」身体を軽く反らし、鯨岡さんから離れる。

「そうなんだ」

「鯨岡さんは、よくここに来るんですか？」

「たまにね。いつもは、ライヴの打ち上げ後とか、もっと遅い時間」

「そうですか」

わたしは、どんなに遅くても、終電に乗れる時間には帰るようにしている。一駅でも、歩くには少し遠いし、タクシーはできるだけ使いたくない。また、それくらいの時間になると、眠くなってしまい、お酒を飲んでいられなくなる。ストロボは、朝まで開いている。

「なんで、俺の名前、知ってるの？」

「えっ？」

「名前、言ったことあるっけ？」

「……えっと」アルバイトの子たちがネットで調べたなんて、言えるわけがない。

近くに寄ってこられることも、言ってはいけないことがありそうなのも、緊張する。

「ああ、領収証か」

「そうです。領収証を書く時に、お名刺いただいたじゃないですか」

「そっか、そっか」

「今日、お仕事はお休みなんですか？」わたしから聞く。

「久しぶりの休み。だから、ゆっくり飲もうと思って」

「じゃあ、わたしがいたら、邪魔ですよね？」

「メイちゃんは、いていいよ。癒やし系というか、一緒にいると落ち着く感じがする」

「はあ、そうですか」

　癒やし系なんて、初めて言われた。

　ちょっと喜びそうになったが、ダサいという意味にも思えた。鯨岡さんはいつも、派手な雰囲気の女の人と一緒にいる。彼女たちに比べるとわたしは、良く言えば素朴《そぼく》、悪く言えば田舎者《いなかもの》という感じだろう。

　日が暮れても外は暑いし、ストロボではみっちゃんと大ちゃんぐらいにしか会わないだろうと思い、Tシャツとデニムで来てしまった。もう少しお洒落な格好をしてくればよかった。しかし、お洒落な服なんて、何年も買っていない。女子会に着ていける程度の服はあるが、デートに着ていけるような服はない。三十五歳にもなって、デートだからって張り切ったらおかしい。だが、その考えが恋愛を遠のかせている気もする。恋愛をもっと近くに引き寄せたいのかというと、それも違うのだけれど、いい大人なんだから普段からもう少しキレイな服を着るべきだ。仕事帰りに、羽鳥先生とスーパーで会った時も、今日と同じような服を着ていた。

　年齢よりも、わたしは若く見える方だ。でも、三十代の半ばになったら、「若い！」というのは、単なる褒め言葉ではなくなる。その言葉には、いい歳してとか、服装が安っぽいとか、メイクができていないとか、様々な意味がこめられている。

「メイちゃんは、よくここに来るの？」

「たまに来ます。鯨岡さんが来るより、早い時間だと思います」

「そうなんだ。彼氏とかと？」

「違います。友達とです」

「彼氏は？」

「いません」

「じゃあ、なんで、俺とデートしてくれないの？」

「えっと、それは……」

話している間、鯨岡さんは一瞬も目を逸《そ》らさない。

マスターの方を向いて目を合わせないようにしても、こめかみの辺りに視線を感じる。

この人のもてる理由がとてもよくわかる。少し垂れた目で、おだやかに見つめられつづけたら、コロッと落ちてしまいそうだ。目力《めぢから》があるような人に見つめられるのは、息苦しいし、警戒心が働く。鯨岡さんの目つきには、この人に引っかかってはいけないと知っていても、安心させる力がある。そのことを鯨岡さんは、よくわかっているのだろう。声もおだやかで、いつもより少し低い。

ただかっこいいだけでニコニコしていれば女の子が寄ってくる杉本君よりも、鯨岡さんはテクニックで落とすという感じだ。

「はい、どうぞ」マスターが、わたしの前に焼き飯を置く。

「いただきます」スプーンを持ち、焼き飯を食べる。

食べているわたしの横顔を、鯨岡さんは黙って見つめている。

食べにくい。

これも、彼の作戦なのかもしれない。緊張して、彼の前でごはんを食べられないなんて、好きだからかなあ。つり橋効果のように、そう考える女の子もいるだろう。わたしはそんな風には考えないと思っても、見られていることが恥ずかしくなってくる。

「こんばんは」

ドアが開いて入ってきたのは、みっちゃんだった。

救世主！　と、叫びそうになった。

ビールと焼き飯を持ち、みっちゃんと一緒にテーブル席へ移動した。

鯨岡さんがついてきたらどうしようかと思ったが、鯨岡さんはみっちゃんに微笑《ほほえ》んだだけで、何も言わなかった。みっちゃんも、微笑み返しただけだ。その微笑み合いを見て、手を出すべきではない相手をお互いにわかっているのだと感じた。

「誰あれ？」赤ワインを飲み、みっちゃんは小声でわたしに聞く。

「お店の常連さん」

「一緒に来たの？」

「違うよ」

「ついに、メイに男ができたのかと思ったのに」

どんなに声を小さくしても、他にお客さんがいないから、鯨岡さんにわたしたちの話し声は聞こえるだろう。鯨岡さんは立ち上がり、お会計を済ませる。

「じゃあ、メイちゃん、またね」わたしに手を振り、鯨岡さんはストロボから出ていく。

「さようなら」手を振り返す。

ゆっくりしたいところを邪魔してしまったかもしれない。わたしとみっちゃんが出ていけばよかった。

「向こうは、メイのことが好きなんじゃないの？」みっちゃんが言う。

「ああいう人なんだって。女の子なら、誰にでも声をかけるの」

「わたしには、声かけてこなかったじゃん」

「声かけられたかったの？」

「ううん」首を横に振る。「ああいうタイプとは、もう関わりたくないもん」

「向こうも、それを感じたんだよ」

「軽そうだし、何股もかけてそうだよね。でも、その分、面倒くさくなさそうだから、メイも何股のうちのひとりに入ればいいじゃん」

「何、言ってんの？」

「付き合ったら結婚、とか考えてるから、彼氏できないんだよ」

「みっちゃんだって、付き合ったら結婚、って考えて婚活してるんでしょ」

「わたしはもう、これ以上付き合わなくていいくらいの人数と付き合ったからいいの。メイは、とりあえず誰かと付き合った方がいいよ。難しく考えないで、さっきの人とやるだけやれば、リハビリになるんじゃん。セックスうまそうだし、そんなに好きじゃなくても、気持ち良くなるくらいのリードはしてもらえるって」

「わたし、リハビリが必要？」

「必要」わたしの目を見て、みっちゃんは言う。

「……そうか」

他の友達に言われたら、そんなことはないと反発するか、聞き流す。しかし、みっちゃんの言葉は、わたしの心に重く響く。

フウちゃんと別れたと伝えた時、みっちゃんはあまり驚かなかった。他の友達全員が、わたしとフウちゃんは必ず結婚すると思っていたのに、みっちゃんだけは別れる可能性があると考えていた。フウちゃんが何か話していたわけではない。近くにいても、客観視できる立場だったからみっちゃんは、わたしとフウちゃんの関係が壊れていっていることを、わたし以上に敏感に気づけたのだろう。

　そのみっちゃんが、リハビリが必要と感じる状態なんだ。

　年月が経てば経つほど、恋愛を拒否する気持ちが強くなっていくのを感じる。フウちゃんと別れて一年くらいが経ったころは、次の相手を探そうと意欲的になっていた。合コンというほどではなくても、みっちゃんや他の友達に男の子を紹介してもらったりした。そのうちの何人かとは、二人で出かけた。でも、誰のことも好きになれなかったし、恋人同士という雰囲気にもならなかった。男友達が何人か増えただけだ。

　ちょっといいなぐらいに思える人はいたのだから、付き合えばよかったのかもしれない。キスをしたり、セックスをしたりするうちに、気持ちは変わっていっただろう。

　二十代のうちだったら、結婚を意識せずに付き合ってもよかったんだ。フウちゃんと十年間付き合った後だったから、重く考えてしまった。三十歳になったら年齢という重さが加わり、三十五歳になったら更に重くなった。子供を産むのであれば、四十歳までには結婚した方がいい。高齢出産というのは、それだけリスクが高まるということだ。体力は落ちてくるし、見た目同様に、身体の中も老化していく。大ちゃんみたいに、若い女の子と結婚したいと考えるのは、男性の本能なんじゃないかと思う。若くて健康な女の子の方が、元気な子供を産めるように見える。二十代だからってリスクが全くないわけではないし、個人によって違うと話しても、大半の男性には通じない。違うんだから心配しなくていいという理論になってしまい、女性の気持ちなんて考えずに軽々と「子供欲しい」と言う。そして、そういう男性は、女性全員が早く結婚して子供を欲しがっていると決めつけている。

　鯨岡さんならば、結婚や出産を考えなくても、デートぐらいできそうだ。生理的に無理とか思わないし、一回デートして、一回セックスしてみたらいいのかもしれない。そうしたら、重くなっているものが一気に軽くなり、人生が拓《ひら》ける気がする。

　でも、やっぱり、無理だ。

　だって、鯨岡さんのことが好きなわけではない。

　好きな人以外とはキスもできないし、セックスは絶対に無理だ。わたしは飲み会のノリでキスしたとか、酔った勢いでうっかりとかも一度もなくて、フウちゃん以外の男性とは、キスもセックスもしたことがない。もしもフウちゃんがいなかったら、わたしの人生はどうなっていたのだろう。誰とも付き合わないまま、三十五歳になっていたのだろうか。それとも、何人かの男性と付き合い、そのうちの誰かと結婚していたのだろうか。

　恋愛感情がない人もいるらしい。わたしは、そういうわけではないと思う。フウちゃんのことは好きだったし、男性を見て気持ちが少しも動かないわけではない。ただ、その動きが鈍くなっていて、みっちゃんの言うようにリハビリが必要な状態なのだろう。

「さっきの人じゃなくても、誰かいないの？」話しながら、みっちゃんはマスターに赤ワインのおかわりを頼む。

「いない」ビールを飲み干し、わたしも赤ワインとドライフルーツを頼む。

「合コン行く？」

「行かない」

先月、高校の同級生で集まった時のことは、結局みっちゃんに話していない。愚痴りたい気持ちが熱いうちに、会えなかった。合コンに行くのバカにされてるとは、言わない方がいいだろう。

わたしとみっちゃんは、彼氏がいないという点では同じ状態だ。

引くと言われ、笑われたとしても、結婚と出産を目標にしてがんばっているみっちゃんは、偉いと思う。仕事だってちゃんとやっていて、自立している。結婚して男の人の稼ぎに頼らなくても生きていけるからこそ、人生の可能性をいくつも考えられて、どこにでも飛びこんでいけるのだろう。

副店長の給料のままでも、生活していける。定年まで働けば、年金ももらえる。わたしだって自立していると思っても、足りない感じがする。お金ではなくて、わたし自身の意志が足りない。

「みっちゃんは、結婚したら、仕事はどうするの？」わたしから聞く。

「つづける。結婚しても、出産しても、つづける」

「ふうん」

「それが難しいんだけどね」溜息をつく。

「そうなの？」

「今の仕事だと、時間は不規則だし、残業は当たり前だし、子供のお迎えがあるから帰りますとか言いにくいもん。会社は表面的には、子育て支援とか言ってるけど、実際は全然って感じ。二十代や三十代の社員が子育てしながら働ける環境を作りたいとか言ったところで、四十代や五十代の男性社員が非協力的だから。女は子供ができたら仕事を辞めるべきって考えてる人が未だにいるんだよね」

　大学卒業後にみっちゃんは、大手の広告代理店に就職した。昭和の運動部のような厳しい上下関係がある会社で、サービス残業が当たり前だった。先輩から飲みに誘われたら断らず、セクハラに耐え、寝ないで働くことが評価された。体調を崩して、三年と少しでその会社を辞めて、今の会社に転職した。前の会社よりは楽になったけれど、忙しいのも、上下関係があるのも変わっていないようだ。今日みたいに早くから飲める日もあるが、三ヵ月くらい会えない時もある。

「古いのよ、広告業界って」みっちゃんは、マスターが持ってきた赤ワインを受け取る。

「古い？」わたしも、赤ワインとドライフルーツを受け取る。

何も言わずに、マスターはカウンターの中へ戻る。わたしたちの会話は全てがマスターに聞こえているはずだ。マスターから見たら、わたしたちなんて、小娘でしかないだろう。どう考えているのか聞きたいが、そういうことを話すタイプの人ではない。

「広告業界だけじゃなくて、マスコミ全体が古いのよね。テレビや雑誌では、セクハラやパワハラやモラハラの問題を取り上げてる。けど、作ってる側は、それくらいがまんするのが当たり前っていう考えのままだから。もちろん、会社にもよるけどね」

「そうなんだ」

「このままだと、大ちゃんのところみたいなベンチャーには、勝てなくなるだろうなって感じる。大ちゃんみたいに技術と才能があるだけじゃ、うちでは専務になんてなれない。個人の技術だけではなくて、処世術が必要になる。営業なら処世術も大事でも、クリエイターやエンジニアには必要ないでしょ。コミュニケーション能力が低すぎるのは困るけど、先輩にパワハラされながら朝まで飲んだところで、何もいいことないし時間の無駄だから。それで、人材が育つことなんてない。そう思っていても、二十代の女性社員からセクハラの相談を受けたところで、がまんして仕事をもらいなさいとしか言えないんだから、情けないよね」

「色々あるんだね」

インターネット関係の会社には週休三日のところもあると聞くし、会社や業界によって、働き方は様々だ。わたしは新卒入社してから、一度も転職をしたことがないので、うちの会社が普通だと思いこんでいる。でも、違うのだろう。他社のことはよく知らないが、実力が認められたら二十代前半で店長になれる会社もあれば、うちよりも厳しい店長試験を実施している会社もある。

同じ会社にずっといないで、転職した方がいいと思ったこともあるが、その度胸もない。

「でもさ、セクハラされてても笑顔でお茶くみして、早く結婚して専業主婦になりたい、って言えるキャラだったら、今ごろは結婚できてたと思うんだよね」

「できるけど、内心むかついてるのが顔に出る」

「笑顔でお茶くみできるの？」

「笑顔じゃないいんじゃん」

「だって、やりたくないもん。広告作りたくて就職したのに、お茶なんか淹れたくないでしょ」

「家のことをやってくれる旦那さんを探せばいいんじゃないの？　みっちゃんが働きに出て、主夫になってくれる人」

「そういう人、タイプじゃないから」

「お互いにバリバリ仕事して、子供を産んで、結婚生活を維持するっていうのは、難しいかもね」

「そうなんだよ。稼ぎのある男は、専業主婦になってくれる奥さんを望んでるしね」

「ねえ、みっちゃんは、大ちゃんじゃ駄目なの？」

「はあっ？」本気で嫌そうな顔をする。

　大手広告代理店で心身共にボロボロになったみっちゃんを救ったのは、大ちゃんだ。そのころ、大ちゃんはゲーム制作の会社に勤めていて、一日二十時間くらいパソコンを見つめつづけ、みっちゃん以上にボロボロになっていた。自分の方こそ休むべきという状態だったのに、大ちゃんは「休んだ方がいい。これからのことは、相談に乗る」と言って、みっちゃんに手を差し伸べた。会社を辞めることを決めたとみっちゃんから聞き、ついに大ちゃんと付き合うのかと思ったが、そういうことではなかった。何があっても、大ちゃんは恋愛対象外らしい。若い子と結婚したいと言いながらも大ちゃんは、本当は今もみっちゃんを好きなんじゃないかと思う。

「だって、大ちゃんの家なら、ハウスキーパーさんが来てくれるよ」

「条件としては理想的だけど、大ちゃんは絶対にないから。大ちゃんだって、彼女いないとか言いながら、遊ぶ女くらいはいると思うよ」

「それは、ないよ」

「ずっと彼女いないんだよ。セックスしてないわけがないでしょ」

「それは、ほら、大ちゃんはお金があるから、そういうサービスがあるじゃん。男の人には」

「女にだって、ないわけじゃないのよ。そういうサービス」わたしの顔を見て、みっちゃんは微笑む。

「そういうところにまで行って、やりたいなんて思わないもん」

「本当に、十年もやってないの？」

「やってないよ。みっちゃんは、知ってるじゃん」

「わたしの知らない男とやってるなら、言っていいんだよ。バカにしたりしないから」

「ないよ」

「不健全だなあ」

みっちゃんが処女ではなくなったのは、大学一年生の夏休みだ。相手は、サークルの先輩の四年生だった。向こうが卒業して、地方勤務になったので、別れた。東京駅まで見送りにいって泣いていたのに、すぐにバイトの先輩と付き合いはじめた。その後、みっちゃんが何人とセックスをしたのか、正確な人数は知らないけれど、二十人前後くらいだと思う。それは、健全なことなのだろうか。

杉本君だったら、みっちゃんになんて言うのだろう。

「この話題、やめよう」わたしから言う。

「なんで？」

「今日、子宮頸がん検診だったから、いつも以上にこういう話題がしんどい」

「ああ、検診、行ったんだ。わたしも、行かないと」

「慎重に病院を選んだ方がいいよ」

「そうなの？」

「レディースクリニックのロビーは、女の人生が交錯してるから。でも、大学病院だと、研修医に見られたりするらしい。総合病院は調べたら、男の先生だった」

「行くの、面倒くさいなあ」

「受けた方がいいって」

「そうなんだけどさあ」

　恋愛のことは気まずくても、健康に関することは気軽に話せる。そのうち、どちらかが病気したりしたら、健康に関することも気まずく感じるようになるのだろうか。その時、わたしたちの恋愛は、どうなっているのだろう。遠い出来事になり、十代のころみたいに楽しく話せるように戻るのかもしれない。


　みっちゃんが家に帰って仕事をするというから、九時になる少し前にわたしもストロボを出た。

　マスターと話しながら焼き飯を食べてビールを飲むだけのつもりだったのに、鯨岡さんとみっちゃんに会って、余計に疲れてしまった。

ストロボの入っているビルの前でみっちゃんと別れ、ひとりで駅へ向かう。

羽鳥先生が勤める予備校の前を通る。

夏期講習中だからか、いつもよりも生徒が多い気がする。ちょうど授業が終わったところみたいだ。出入口の前にベンチが並んでいて、そこでお喋りしている生徒もいるし、黙々と駅へ向かっていく生徒もいる。お喋りしている生徒は、きっと浪人する。それとも、そこで情報交換をして、うまく受験を乗り切るのだろうか。

わたしが高校三年生だったころは、大学に合格したかったら一年間全てをがまんするべきだと言われていた。わたしもフウちゃんも、付き合っているから成績が落ちたと言われないように、必死で勉強した。会う時間を減らし、睡眠時間も削って、机に向かった。

そういう考えは、もう古いのかもしれない。

うちの会社でもたまに、セクハラやパワハラやモラハラが問題になることはある。アルバイトの中には十代の子もいるので、そういうことには気をつけるように本社から言われている。しかし、四十代や五十代の男性社員がそのつもりはなくて言ったことが、十代や二十代の女性社員やアルバイトにとっては、ハラスメントに感じられる時がある。昭和生まれと平成生まれで、感覚が違う。わたしは昭和の終わり生まれなので、どちらの言いたいことも、なんとなくわかる。子供のころから携帯電話があった十代や二十代と家電《いえでん》しかなかった四十代や五十代では、生き方も感覚も違って当然だ。みっちゃんが話していたような、縦のコミュニケーション能力は、これから必要なくなっていく。その分、横のコミュニケーション能力があって、情報を制する者が勝者になっていくんじゃないかと思う。大ちゃんはそのタイプだ。子供のころからのゲーム仲間やパソコン通信仲間との付き合いで、専務まで昇りつめた。

杉本君に効率が悪いと言われるとむかついてしまうけれど、彼の言っていることは正しいのだろう。四十代や五十代の社員が決めたことをいつまでも守りつづけるのではなくて、時代に合わせ、変えていかなくてはいけない。それを進めるのは、デジタル世代とアナログ世代の間にいる三十代の役目という気がする。

副店長という立場で甘えていないで、店長になって、若い子たちが働きやすい環境を作っていきたいとは思う。

デジタルもアナログもなんとなく知っているというところから、デジタル寄りになっていくべきだ。でも、十代や二十代の子みたいに、ＳＮＳを使いこなせるようにはなれない。アルバイトの子たちを見てもジェネレーションギャップを感じないと言っていられるのは、あと三年くらいが限度だ。

そのうちに、杉本君以上にわけわからないのが入ってくる。

「葛城さん」

駅に着いて、改札を抜けたところで、後ろから声をかけられた。

振り返ると、羽鳥先生がいた。

「ああっ！」

「あっ、すみません」羽鳥先生は、頭を下げる。「急に声をかけてしまって。あの、前を歩いているのが見えて、どうしようか迷ったのですが、同じ電車だろうし、つけているみたいになってしまう気がして」

「大丈夫です。ちょっとビックリしただけなので」

「すみません」

「気にしないでください」

「いや、なんか、驚かせてしまって。もうちょっと違うタイミングで声をかければよかったですね」

「わたしがぼうっと歩いていたのが悪いんです。あと、今日は、他にもお客さまと会ったので、偶然が重なると思って」

　話すわたしたちの横を予備校の生徒や会社帰りの人が通りすぎ、ホームへと階段を上がっていく。予備校の生徒の何人かは、羽鳥先生に「さようなら」と、声をかける。羽鳥先生は、ひとりひとりに丁寧《ていねい》に頭を下げて「さようなら」と、返す。

「外で、お客さんと会ったりするんですね」羽鳥先生が言う。

「いえ、えっと、だから、それも偶然です」

「ああ、そうですよね」

「よく行くバーがあるんですけど、そこで会ったんです」

「そうですか」

頭上で電車の走る音が聞こえる。

改札を抜けてきた人たちは、階段を駆け上がっていく。

電車が来たようだ。

「走りますか？」わたしから聞く。

「えっと」

「次にしましょうか？」

鯨岡さんとは話したくないと思ったのに、羽鳥先生とはもう少しだけ一緒にいたいと感じた。電車に乗ったら、二分もかからずに降りる駅に着いてしまう。

キートスで、羽鳥先生は下を向いているだけだ。スーパーで会ってからも、それは変わらず、話すこともない。

黙っていると、羽鳥先生はそんなにフウちゃんと似ていない。

顔そのものより、全体的な雰囲気が似ている

「次にしましょう」羽鳥先生が言う。

階段を下りてきた人たちがわたしと羽鳥先生の横を通る。

電車の走り去っていく音を聞いてから、わたしと羽鳥先生は階段を上がって、ホームに出る。

次の電車が来るまで十分くらいある。

ホームの端に並んで待つ。

「あの、実は、前から何度か葛城さんのことをお見かけしていたんです」

「えっ、そうなんですか？」

「だから、先月、スーパーで目が合った時には、ビックリしました。それまでは、見かけても、声をかけない方がいいと思っていたので」

「すみません。わたしが気がついても、気がつかなかったフリをするべきでした」

羽鳥先生は、常連扱いされるのが苦手なタイプだろうし、外で見かけても素通りするべきだった。

「いえ、そんなおかしな気遣いはしなくていいです」

「……おかしな気遣い。そうですよね、おかしいですよね」

「ごめんなさい。なんか、失礼な言い方をしてしまって。えっと、その、気は遣わないでくださいっていうだけです。いや、僕も、なんか、おかしな気遣いをしてしまっていたのかなって思って。外で会っても、葛城さんは声をかけられたくないタイプだろうなとか。お店でも、僕みたいな客には話しかけられたくないだろうなとか。前にお誕生日のことを聞いたのは、失礼だったかなとか」

「大丈夫です。何も気にしないでください」

七年以上の間、わたしが羽鳥先生を見て、この人はどういう人なんだろうと考えていたのと同じくらい、羽鳥先生もわたしのことを考えていたのかもしれない。同じ気遣いをして、距離を詰めないようにしていたようだ。

「おかしなとか、そういう言葉に、ちょっと敏感になっていただけで、失礼な言い方とは、思っていませんから」

「何かあったんですか？」羽鳥先生は、わたしの目を見て言う。

しかし、眼鏡のフレームがその視線を半分くらい隠していた。

「えっと……」

八年間彼氏がいないと話し、後輩社員から気持ち悪いと言われたことを一ヵ月近く引きずっていたところに、友達からは十年間セックスしていないことを不健全と言われたなんて、話さない方がいい。

「仕事で、ちょっと色々ありまして。もういい歳なのに、いつまでも副店長っていうのは、おかしいかなって思っていて」

お客さんに話すべきことではないが、彼氏やセックスがどうこうという話よりかはいいだろう。

「副店長なんですか？」人さし指で眼鏡を上げる。

「はい」

「店長だと思っていました」

「ああ、ずっといるから？」

「はい」

「今の店長は、男性です」

「そうなんですね。でも、いい歳っていうほどではないですよね？」

「いや、えっと、まあ」

鯨岡さんと話した時と同じように、頭を働かせ、情報を処理していく。わたしが羽鳥先生に関して知っていていいことは、キートスに毎日来ているということだけだ。名前も年齢も職業も、アルバイトの女の子に聞いて、ネットで調べて知ったことだ。よく知らない人のことを知っているつもりになっているなんて、わたしもデジタル世代に片足ぐらいは突っこめているのかもしれない。

「いくつなんですか？　とか、お聞きするべきではないですよね」

「大丈夫です。そこまでの歳ではないです。六月の誕生日で、三十五歳になりました」

「僕と同い年なんですね。あっ、すみません、葛城さんは僕の名前も何も知らないんですよね。失礼しました」

羽鳥先生は、黒いカバンを開けて、名刺を出す。

カバンの中には、教材や本が入っていて、重そうだ。

「ありがとうございます」名刺を受け取る。「すみません、わたし、今日は名刺を持っていなくて」

「大丈夫ですよ。仕事も名前も知っていますから」

「そうですよね」

声をかけられた時には慌ててしまったが、話すうちに気持ちが落ち着いてきた。

大袈裟《おおげさ》にリアクションしたりせず、羽鳥先生は淡々と話す。

話し方は、フウちゃんと違う。フウちゃんは、いちいち子供みたいに騒いだ。

「三十五歳で副店長というのは、おかしなことなんですか？」羽鳥先生は、カバンを閉める。

「今はまだおかしくないのですが、あと何年かすると、おかしなことになります」

「店長にはなれないんですか？」

「うちの店長試験、厳しいんです。何度か受けたのに、落ちてしまって。チャレンジするのがちょっと怖いんです。店長になりたいのかと問われると、それも違うという気がしています」

落ち着いたせいか、余計なことまで話してしまいそうになる。

「僕は、予備校で数学を教えています」

「はい？」

「あっ、ごめんなさい。急に話題が変わってしまったようで。でも、つながっているんです」

「わかりました」

「予備校の数学のクラスは成績や志望校に合わせて、授業のレベルが違います。僕は、一番上のクラスで教えていますが、下のクラスでも教えています。上のクラスの生徒は、放っておいてもちゃんと勉強します。彼らや彼女たちには明確な目標があり、そこへ向かっていける力があります。下のクラスの生徒に教えるのは、ちょっと難しいです。高校一年生や二年生のクラスには、親に言われたからとか、このまま数学のテストで赤点をとりつづけると進級できなくなるからとか、嫌々来ている生徒もいます。ほぼ全員が数学が苦手で、教科書を見たくもないと言っています。進級のためならば、学校の先生に相談して教えてもらえばいいのにと思っても、先生たちにはどうしようもなかったのでしょう。中学レベルで止まっている生徒がほとんどです。僕は、彼らや彼女たちが数学を好きになるまで付き合います」

「はい」

「文系の大学に進めば、数学なんてやる機会はなくなります。だから、できないままでも、いいのかもしれない。でも、高校生のうちに数学を好きになれたら、人生の選択肢は広がるんです。生徒の中には、数学があるからとセンター試験を避けていた子も多くいたのですが、数学ができるようになったことで国立を目指そうと考えられるようになりました。それだけのことだと思われるかもしれません。けれど、たとえば、キートスのようなお店でも、レジや売上げの集計で数字に触れる機会はあります。数学が全然できなかった生徒の中には、足し算や引き算から駄目な子もいました。そういう子たちでも、数学というか数字に対する苦手意識がなくなれば、できることは増えていくんです。偏差値の高い大学を目指すべきだとは思いません。でも、偏差値が低いからと諦めてほしくないと思っています。目標を達成できる可能性のある自分になれば、新しい目標を持つことができます。苦手とか、怖いとか感じることにチャレンジするのは、大変です。だからこそ、その気持ちを乗り越えてチャレンジすれば、必ず人生は拓けます。もしも望んだ結果を得られなかったとしても、チャレンジした後には、自分はどうしたいという新たな目標が生まれるはずです」

「なるほど。つながりましたね」

「すみません。余計なお世話ですよね」

羽鳥先生は、恥ずかしそうにして、下を向いてしまう。

「いいえ、そんなことないです。ありがとうございます」

「どういたしまして」小さく頭を下げる。「でも、僕も三十五歳なので、葛城さんの気持ちはわかるというか、チャレンジすることは十代みたいに簡単じゃないですよね。失敗する怖さを知っていますから」

「はい」

「葛城さんが店長になりたくないのならば、周りの目なんて気にせず、副店長のままでいるのでもいいと思います」

「考えてみます。羽鳥先生は、予備校の先生よりも、学校の先生の方が向いているんじゃないですか？」

「うーん。学校だと、生徒は先生を選べませんよね。先生も生徒を選べない。別に、生徒を選びたいわけじゃないんですよ。でも、一年かけて教えた生徒を来年も受け持てるとは限らない」

「そうですね」

「予備校ならば、向こうが僕を拒否しなければ、大学に合格するまでは付き合えます」

「先生の授業を受けられる生徒は幸せですね」

「いいえ、そこまではないです」照れている顔で、笑う。

やっぱり、笑った顔は、フウちゃんと似ている。

店長試験、今年も受けないつもりだった。

それなのに、受けようという気持ちになってきた。

羽鳥先生の話を聞いて、駄目でも大丈夫と思えるようになったからなのだろうか。それとも、フウちゃんとよく似た笑顔に、安心できたからなのだろうか。

コーヒーショップの窓側の席で、カフェラテを飲みながら、外を歩く人たちを眺める。

少し先にある地下鉄の出入口に吸いこまれるように、誰もが足早に歩いていく。

空がオレンジ色に染まり、次第に暗くなる。

そろそろ帰ろうと思っても、立ち上がれなかった。

頭の中が空っぽと感じるのに、何も情報が入ってこない状態だ。

無事に、店長試験が終わった。

店長試験の内容は、わたしが受けない間に変更になっていた。

三年前、人事部長が替わった時に、見直されたらしい。

四日間かかるのは、前と同じだ。しかし、合宿には行かずに、本社へ通えばいい。最初の二日間は会議室で研修を受け、社則やマニュアルの他に、接客業の心得や飲食店を経営する上で必要なことを改めて勉強する。受験者同士で接客に関して意見を交換する時間もあるが、お互いの欠点を言い合って嫌な気持ちに耐えるのではなくて、高め合うことを目的としている。三日目には研修施設での実技試験があり、合格すると、最終日に進める。最終日の午前中に筆記試験を受け、午後に面接を受ける。

　社則やマニュアルは一字一句完璧に憶えることを求められる。店長試験を受けると決めた八月の終わりから、半月以上かけて頭に叩きこんだ。接客業の心得も、飲食店を経営する上で必要なことも、実技も、わかっているしできていることだと思ったが、試験になると勝手が変わると考え、勉強し直した。実技試験に受からないと話にならないので、アルバイトの子たちと店長に協力してもらい、練習を繰り返した。杉本君が「こんな試験、意味がない」とか「無理に憶えても、忘れてしまう」とか言ってきたけれど、相手にしている暇はなかった。店長には、模擬面接にも付き合ってもらった。

　勉強することが多くて、合宿より大変とも思ったが、こっちの方がわたしには合っている。

　自我を見つめなくてもいい。

　面接はあるけれど、入社試験とは違い、人柄や情熱を見られるわけではない。そういうことは日々の行動をもとにした報告書を店長が作って、人事部に提出してくれている。十二年半勤務してきた中で起きたトラブルや心に残った出来事について、質問に合わせ、的確に答えられればいい。今後の勤務に関する希望も聞かれるが、地方への転勤は可能か、本社勤務を希望しているのかぐらいだ。それも、三十代独身女性の悩みがたっぷり詰まったような、本気の答えは求められていない。「家族も恋人もいないので、地方でもどこへでも行けます」と答えたくなるところを、「より多くの経験を積みたいので、東京以外の店舗でも働いてみたいです」と答える。女性社員だからといって、結婚後はどうしますか？　出産したらどうしますか？　と、聞いてはいけないことになっているという情報は、事前に人事部にいる同期が教えてくれた。

　杉本君が言うように、社則やマニュアルを憶えたところで意味はないと感じたけれど、そういうことは考えないようにした。何も考えず、憶えるべきことを憶え、答えるべきことを答えられるようにして、試験に臨んだ。

　面接を終えたのと同時に、憶えたことが全て頭から抜けていった。今日の午前中まで、完璧に憶えていたことなのに、もう何も思い出せない。

　本社勤務の同期から、試験が終わったら飲みに行こうと誘われたが、そんな気力がなくて、また今度にしようと断った。しかし、まっすぐに帰る気もしなかったので、ひとりでコーヒーショップに寄った。

　筆記試験は余裕で解答欄を全部埋められたし、面接もスラスラと答えられた。

　結果は土日を挟むため、三日後の午後に出る。直接わたしに連絡が来るのではなくて、店に電話がかかってきて、店長に伝えられる。副店長を店長試験に合格させるのも、店長の仕事の一環と考えられているようだ。

合格していると思っていいだろう。

これで不合格だったら、わたしは一生店長になれないということで、転職を考えた方がいい。

そう考えると、店長になりたかったのだという気持ちがこみ上げてきた。前の試験が苦手なだけだったのに、そうではないような言い訳をしてごまかしてきたが、本当は店長になりたかった。

チェーン店だから、店は本社のものだ。基本的には、本社の指示通りに働かなくてはいけない。けれど、本社の人が毎日のように店に様子を見にくるわけではないし、指示された以上のこともやる必要がある。季節ごとの店の装飾、店舗オリジナルメニューの開発、現場でしかわからないようなトラブルへの対応。副店長でも案は出せるが、決定権は店長にある。七年以上勤務して、キートスには、今の店長以上に強い愛情を持っている。バイトの子たちのことだって、わたしの方がよくわかっている。それでも、副店長でしかないからと思い、いつも一歩引いたところにいた。

店長になれば、自分の意見をもっと言えるようになるし、今までよりも仕事が楽しくなり、働きがいもあるだろう。

本気の自立に一歩近づけば、自分の人生についてより多くの可能性を持って考えることができ、自我を見つめるのも怖くなくなる気がする。

羽鳥先生と話し、店長試験を受けることに決めて、良かった。

駅で会って話した後も、羽鳥先生とは、以前の関係のままだ。店でも話しかけていいのだろうと思うのだが、話せずにいる。向こうから話しかけてくることもない。

店長試験に合格したら話しかけ、羽鳥先生に一番に報告しよう。


店長もレナちゃんも、接客をしながら、レジ横のファックス付き電話機を気にしている。発注もパソコンでやるようになったため、ファックスはほとんど使われていない。予約や問い合わせの電話がたまにかかってくるぐらいだ。こんなにも、ファックス付き電話機が注目されたことは、最近ではなかった。ドラマみたいに、やっと鳴った電話に出たら、待っていたのとは違う用件だったなんてことはないだろう。

「おはようございます」厨房から杉本君が出てくる。

私服のままホールに出て、ドリンクカウンターの中にいるわたしの前に立つ。白いTシャツとカーキ色のパンツにスニーカーというラフな格好でも、モデルのように見える。今日、杉本君は休みだ。

「何してんの?」わたしが聞く。

「本社から電話かかってきたんですか?」

2022
1

中公文庫　新刊案内

そう、会社のためなら何でもやる。

犬の報酬

堂場瞬一

真実を探し求める新聞記者、会社を追い詰める内部告発者、そして情報を漏らした犯人を捜す「社畜」。大手自動車メーカーの事故隠蔽を巡り、それぞれの正義が交錯する。

〈解説〉坂口孝則

本年度
No.1
経済小説

●946円

ナチを欺いた死体
英国の奇策・ミンスミート作戦の真実

ベン・マッキンタイアー
小林朋則 訳

スパイは死体!? 推理小説をヒントに英情報部の変わり者たちが仕掛けた大芝居が、大戦の趨勢を変える。最も奇想天外ながら最も成功した欺瞞計画の全容。

●1430円

戦国無常 首獲り

伊東 潤

手柄を挙げろ。どんな手を使っても――。首級ひとつで人生が変わる。欲に囚われた下級武士たちのリアルを描く衝撃の六篇。〈巻末対談〉乃至政彦×伊東潤

●748円

マネーの魔術師
ハッカー黒木の告白

榎本憲男

書き下ろし

天才ハッカーの黒木は、伝統工芸を研究する柴田澪に「金融資本主義に抗うため」の実験をするとうそぶくが――。彼は世界を相手に何を目論むのか?

●990円

大人になったら、

畑野智美

三十五歳の誕生日を迎えたメイ。カフェで働く日々は、それなりに充実しているが……。久しぶりの恋に戸惑う、大人になりきれない私たちの恋愛小説。

●858円

中公文庫

秀吉と利休
野上彌生子
利休生誕500年記念
●1320円

食卓のない家
円地文子
連合赤軍事件50年
●1430円

蓬萊島《ほうらいじま》余談　台湾・客船紀行集
内田百閒
●990円

馬鹿八と人はいう　一外交官の回想
有田八郎
●1100円

四季のうた　美しい日々
長谷川櫂
●880円

新装版 マンガ日本の歴史
㉒文明開化と激化する民権運動
石ノ森章太郎
●924円

天の血脈④
安彦良和
〈全4巻・中公文庫コミック版〉
●1210円

いい女、ふだんブッ散らかしており

阿川佐和子

父の葬式、認知症の母の介護、そして還暦過ぎての結婚……。じわじわ訪れる小さな老いを蹴散らして、挑戦し続ける「60代のアガワ」が怒濤の日々を綴る。

●792円

ニセ姉妹

山崎ナオコーラ

気が合う人と「姉妹」になって暮らしたい。正子・35歳・シングルマザーの挑戦を描く、家族のメンバーチェンジ小説。
〈巻末鼎談〉阿佐ヶ谷姉妹 × 山崎ナオコーラ

●858円

中央公論新社　http://www.chuko.co.jp/
〒100-8152 東京都千代田区大手町1-7-1　☎03-5299-1730(販売)
◎表示価格は消費税(10%)を含みます。◎本紙の内容は変更になる場合があります。

「まだかかってきてないけど」

「遅いですね」パンツの後ろポケットからスマホを出して時間を見る。

もうすぐ三時になる。

午後と言われただけで、何時とは決まっていない。午前中の会議で結果は出ているはずだ。各店舗に順番に電話をかけているとしても、そろそろかかってきていいころだ。

「それで、何しにきたの？」もう一度、杉本君に聞く。

「どうなったのかと思って」

「本気で言ってんの？」

「そうですよ」

「休みなのに？」

「休みでも、昼間はやることないですからね」

「女の子と会ったりしないの？」

「平日の昼から会いませんよ」何がおかしいのか、杉本君は笑う。

休日ならば昼でも会うし、平日も夜ならば会うということだろう。朝まで部屋にいた女の子が出勤して、帰ってくるまで暇だからわたしをからかって遊ぶために店に来たということではないかと思う。もしかしたら、朝までいたのと夜会う女の子は、違う人かもしれないけれど、確認しないでおく。何を言っても笑われるし、わたしのことを聞き返されても困る。

店長試験を受けて、仕事に対しては向き合えるようになった。だが、恋愛に対しては、まだ向き合えずにいる。

目標ができたから仕事でどうしたいか考えられたように、恋愛にも目標が必要な気がする。結婚や出産は目標にするようなことではないから、やっぱり相手がいなくては、感情も動きようがないし、状況が変わることもない。好きな人がいれば状況が変わり、自分がどうしたいのか見えるようになるのではないかと思う。しかし、好きな人ができないので、向き合いようがなかった。まずは好きな人を作らなくてはいけないと考えても、相手がいない。だいたい、好きな人を作るというのは、三十五歳にもなって考えることではない気がしてくる。そこは飛ばして、結婚を考えられる恋人を作るべきなのだろう。そう思っても、どうやったら恋人ができるのかわからなくて、また初めに戻ってしまう。

今は恋愛のことは考えないで、仕事についてだけ考えよう。店長試験の結果が出て状況が変われば、出会いもあるかもしれない。心が動かされる人に出会えば、自然と状況は変わっていく。恋愛は、無理にすることではない。みっちゃんに言ったら、「甘い！」とか怒られそうだけれど、今はそれでいいとしておく。

「電話、かかってきませんね」杉本君は、ドリンクカウンターの前の席に座る。

「何か飲む？」カウンターから出て、杉本君の横に立つ。

「どうしようかなあ」メニューは開かず、天井を見ている。

いつまで経っても仕事を憶えない杉本君でも、さすがにメニューは全て憶えているようだ。

ランチタイムが終わり、席は半分も埋まっていない。ほとんどのお客さんが、コーヒーや紅茶を飲みながらお喋りしているか、仕事の打ち合わせをしている。夜になるとまた混むので、今のうちに仕込みや事務仕事を進めたかったのだが、電話が気になって、集中できそうにない。

「秋限定のモンブランラテ飲んでみる？」

「それ、おいしいんですか？」杉本君は、嫌そうにする。

「わたしもまだ飲んでない」

秋限定メニューの案内と試作用の材料が本社から届いた。春夏は、柑橘《かんきつ》類を使った爽《さわ》やかなドリンクやデザートだった。秋冬は、いも栗かぼちゃを使ったドリンクやデザートを出す。年々、甘く見た目が派手になっていく。味よりも、ＳＮＳで話題になることが重視されてしまっている。十代や二十代の女性のお客さんは喜んで写真を撮っているけれど、何かが間違っているように感じた。店長になれば、店長会議に出られて、こういう意見も言えるようになる。

「コーヒーにしようかなあ」

「モンブランラテ、飲みなよ」

「だって、カフェラテにマロンクリーム入れるんですよね」

「そうだよ」

「飲めば飲むほど、喉が渇く甘さっていうのが想像できます」

「十月になったら、それをお客さんにすすめるんだからね」

「いやあ、ちょっと意味わかんないです」

ホールでこんな会話をしているところを本社の人に見られたら、店長試験は不合格になる。覆面審査員なんて送りこまれていないと思うが、注意しなくてはいけない。

そう考えていると、電話が鳴った。

レジカウンターの前で構えていた店長は、鳴った瞬間に受話器をとる。

「お電話ありがとうございます」いつも通りに電話に出るが、明らかに緊張していて、声が高くなっていた。

わたしもレジカウンターの方へ行く。ドリンクカウンターで在庫の確認をしていたレナちゃんも来て、店長とわたしの横に立つ。杉本君は席に座ったまま、バカにしたように笑っている。

「はい、はい。了解しました」返事をしながら、店長は受話器を持っているのとは反対の手で、丸を作る。

　それを見て、レナちゃんがわたしに抱きついてくる。

「ありがとうございます。では、失礼します」そう言って、店長は電話を切り、わたしを見る。

「おめでとう」

「ありがとうございます」身体から力が抜けていく。

　抱きつきながら支えてくれているレナちゃんがいなかったら、膝《ひざ》から崩れ落ちただろう。嬉しさと安心したのとで、泣きそうになってしまった。

「どうだったんですか？」杉本君も、レジカウンターに来る。

「合格」店長が言う。

「おめでとうございます！」

　抱きついてこようとした杉本君を、わたしとレナちゃんはよける。

「なんで？」杉本君は驚いたような顔をする。

「いやいや、男女で抱き合う習慣は、日本にはないから」わたしが答える。

「女同士で抱き合ってるなら、ハグが習慣になりつつある証拠じゃないですか」

「女同士のハグと男女のハグの間には、まだ分厚い壁があるんだよ」

「ハグさせてあげればいいじゃないですか」笑いながら言い、レナちゃんはわたしから離れる。「この一ヵ月くらいの間、杉本さんが一番、メイさんのことを心配してたんですよ」

「ええっ！　それは、ないでしょ。一番邪魔してきたじゃん」

「邪魔なんてしてませんよ」杉本君はハグしようと、両手を広げる。

「邪魔してたじゃん。そんな試験は無駄だって言ったり」

「それは、邪魔ではなくて、純粋な意見です」

「わたしにとっては、邪魔だったんです」

「それは、もうどうでもいいじゃないですか。とにかくおめでとうございます！」

ハグする代わりなのか、杉本君は両手でわたしの手を強く握り、嬉しそうに笑う。

冷房が効いているのに、手に汗をかいていた。

心配してくれていたというのは、本当なのだろう。

杉本君は生意気で仕事ができないけれど、感情表現に嘘《うそ》がないから、信頼できる。


こういう日は、彼氏がいれば、お祝いしてもらったりするのかもしれない。

しかし、相手がいないし、家でひとりでお祝いするのも寂しいので、いつも通りストロボに来た。

みっちゃんと大ちゃんにＬＩＮＥを送ったけれど、既読にもならなかった。

二人とも、仕事しているのだろう。それか、わたしの知らない男の人や女の子と会っているのだろうか。

「こんばんは」ストロボのドアを開ける。

「いらっしゃい」マスターが言う。

中番が終わってから来たので、もうすぐ九時になる。

それでも、バーで飲むにはまだ少し早い時間かと思ったけれど、混んでいた。テーブル席は埋まっていて、カウンターも端の席しかあいていない。いつもはひとりで来ているお客さんもいるのに、今日は二人連れや三人か四人のグループばかりだった。

あいている端の席に座る。

「メイちゃん、久しぶりだね」わたしの前に、マスターは立つ。

「そうですね」

店長試験を受けると決めてから一ヵ月近く、来ていなかった。みっちゃんと大ちゃんから誘いのＬＩＮＥが届いても、断った。

「ビール？」

「ワインにします。いつも飲んでるのよりも、ちょっといいのにしてください」

「何かお祝いごとでもあった？」

「……えっと」

試験に合格したと言えばいいのだけれど、店の人以外では、羽鳥先生に一番に伝えたかった。だが、明日からしばらくは遅番がつづくので、開店と同時に来る羽鳥先生とは会えない。名刺をもらったから連絡先は知っているけれど、電話やメールをしていいのだろうか。携帯電話の番号は個人のものだとしても、メールは仕事用のアドレスだ。いきなり電話はできないし、仕事用のアドレスにメールを送るほどのことでもない。予備校の前で待っていたりしたら、ストーカーみたいになる。向こうにとっては、そんなに重要なことではないのだから、店で会った時に話すのが自然だろう。

　マスターに話さず、もったいぶるようなことでもない。

「どうした？」

「店長試験があって、しばらく勉強してたんです」

「そうなんだ」

「今日、結果が出て、合格しました」

「おめでとう」

「ありがとうございます」

　言うんじゃなかったという気がした。やっぱり、羽鳥先生に先に伝えて、おめでとうと言ってもらいたかった。

「じゃあ、これはサービス」マスターは、シャンパンの小瓶を開ける。

「大きいのにしてくださいよ」

「今度、みっちゃんや大ちゃんと来た時に出すよ」

「約束ですよ。忘れないでくださいね」

「忘れちゃうかもなあ」シャンパングラスをわたしの前に置き、注いでくれる。

「ありがとうございます。いただきます」一口飲む。

「あんまり嬉しそうじゃないんだな」

「えっ？　嬉しいですよ」

「そう？」のぞきこむようにして、マスターはわたしを見る。

嘘をついても、見透かされる気がした。

子供のころ、母に嘘をついた時も、こういう気分になった。宿題をやっていないのに「やった」と言ったのも、友達と遊んでいて帰りが遅くなったのに「吹奏楽部のミーティングが長引いた」と言ったのも、フウちゃんと二人でいたのに「みっちゃんと大ちゃんも一緒だった」と言ったのも、母には全てばれていただろう。

「マスターに言うんじゃなかったなって思って」

「なんで？」

「一番に言いたい人がいたんです」

「男の人？」

「そうです」

「そうか、メイちゃんにもついに、恋人ができたのか」

「そういうことではないです」

「でも、好きなんだろ？」

「違います」首を横に振る。

「好きだから、一番に言いたいって思ったんじゃないの？」

「中学生や高校生じゃないんだから、違いますよ」

高校生のころ、フウちゃんにはなんでも一番に言いたいと思っていた。フウちゃんも嬉しいことや悲しいこと、なんでもわたしに一番に言ってくれた。大ちゃんに先に言ってしまい、けんかしたこともある。何を言ってしまったから、わたしが怒ったのか、今では思い出せないような些細《ささい》なことだ。とにかくどんなことでも、フウちゃんに一番に言おうと考えたし、フウちゃんにも同じように考えてもらいたかった。

「メイちゃんの好きは、中学生や高校生のころとは違うの？」

「違うのが普通じゃないですか」

「僕は、同じだけどな。中学生のころと同じように女性を好きになって、何かあれば一番に伝えたいって思うよ」

「うーん」

付き合ったのはフウちゃんが初めてでも、それが初恋というわけではなかった。中学校一年生の時に、吹奏楽部の三年生の先輩を好きになったのが初恋だと思う。小学生の時にもクラスに好きな男の子はいたけれど、バスケがうまくて人気のある男の子を見て、騒いでいただけだ。吹奏楽部の先輩は、人気のあるタイプではなかった。同じ部活の友達からは「どこがいいの？」と、言われた。色が白くて地味な感じの人だったが、後輩に優しかった。先輩がいたから部活をがんばろうと思えた。告白しようとは考えもしなかったし、たまに話せるだけで充分だった。

　今後誰かを、先輩を好きになったように好きになったり、フウちゃんを好きになったように好きになることは、あるのだろうか。けれど、先輩に対する気持ちとフウちゃんに対する気持ちが違うように、その誰かに対する気持ちも違うんじゃないかと思う。

「中学生だからとか高校生だからとかではなくて、相手によって違うんじゃないでしょうか」マスターに結論を伝える。

「メイちゃん、中学生みたいだね」

「ええっ！　なんでですか？」

「大人は、恋心について、そんな真剣に考えないんだよ」

「あっ、そうですよね」恥ずかしくなってくる。

「惹かれる方へ自然に行けばいいだけだ。それで時には、中学生よりもずっと子供みたいなことをしてしまう」

「そういうもんですか？」

「もういい大人のはずなのに、子供である自分を見せられる相手を僕は好きになる」

「結婚してますよね？」

マスターは、左手の薬指に指輪をしている。

こうして話していても、自分のことを話す人ではないので、奥さんについて聞いたことはなかった。

「ばれてたか」指輪を見る。

「最近、左手の薬指の指輪からオーラが出ているのが見えるようになってきました」

「オーラ？」マスターは、少しだけ笑う。

「二十代や三十代の前半の時以上に、すぐにそこに目がいくんです」

「オーラのない独身の男を探しているんだ？」

「そういうことです」

同世代の男性のほとんどが結婚しているし、惹かれる方へ自然に行くというわけにはいかない。不倫でもいいとか、略奪愛とか考えられるほど、誰かを好きになることはないと思う。無理のない相手と付き合えればいい。それは、条件で選んでいるということで、中学生や高校生の時の恋愛感情とは別物という気がする。でも、中学生や高校生の時だって、バスケ部やサッカー部で目立っている男子とは付き合えないと考えていた。吹奏楽部の先輩に憧れたり、クラスの中で良くも悪くも目立たないフウちゃんと付き合うくらいが、わたしにはちょうど良かった。それも、条件で選んでいるうちに入るのだろう。だからと言って、消去法でフウちゃんを好きになったわけじゃない。目立っている男子に告白されたとしても断り、フウちゃんを選んだと思う。

　しかし、十七歳から二十七歳になるまでの十年間、フウちゃんをどんな風に好きで、どうして好きだったのかは、思い出せない。

「結婚してるからって、恋をしていないわけじゃないんだよ」

　そう言いながら、マスターは、わたしのグラスに残りのシャンパンを注ぐ。

「不倫してるんですか？」

「違うよ。今も、妻に恋をしてるんだ。妻の前では、子供になってしまう」

「素敵ですね」

　そんな相手に、わたしもいつか出会えるのだろうか。

　一週間ぶりの中番で、羽鳥先生と会えたけれど、話しかけられない。

　羽鳥先生は、いつも通りに窓側の席に座り、黙々と鶏の唐揚げの南蛮漬けを食べている。話しかけないでほしいというオーラが全身から出ているように見える。それは気のせいでしかないと思っても、話しかけるタイミングがつかめなかった。レナちゃんが水を出し、注文を取り、アイスティーとランチセットを出した。

食べ終わった羽鳥先生は、アイスティーを飲み干し、伝票を持って席を立つ。

レジはわたしがやろうと思ったが、レナちゃんが先にレジカウンターに入る。

会計をしている間に、わたしは羽鳥先生のいなくなったテーブルを片づける。何か忘れ物でもしていたら話しかけるきっかけになると思ったのだが、何もない。羽鳥先生はごはんを食べながらスマホを見たりもしないし、今日みたいに本を読まない日はカバンから何も出さないので、忘れ物をするはずもない。明日も遅番だし、明後日は休みだから、今日中に言いたかった。

考えているうちに、羽鳥先生は店から出ていき、駅の方へ歩いていってしまう。

「ちょっとだけ出てきます。片づけ、お願い」レジカウンターにいるレナちゃんに言い、わたしも店から出る。

「羽鳥先生！」

表の通りまで出て、後ろ姿に声をかける。

「どうしました？」驚いた顔で、羽鳥先生は振り返る。

「えっと、あの、受かりました。前に話した店長試験」

「ああっ！　おめでとうございます！」嬉しそうな笑顔になる。

きっと、羽鳥先生は、大学合格を伝えにきた生徒も、この笑顔で迎えるのだろう。自分も、羽鳥先生の生徒になったような気分になる。

「ありがとうございます」

「どうしたのか、気になっていたんですよ」

「早くご報告したかったんですけど、お昼すぎからの勤務の日がつづいてしまって」

「良かったですね」

「すみません、呼び止めたりして。お時間、大丈夫ですか？」

「大丈夫です。一本後の電車でも間に合います。授業は、午後からなので」

歩道の真ん中で立ち止まってしまっていたので、端に寄る。

九月も終わりに近いのに、まだ夏だ。

街路樹の隙間からさしこむ陽の光は、痛いほどに暑い。

「店長試験に合格したということは、異動になるんですか？」羽鳥先生は、寄りかかるようにしてガードレールに座る。

「ああ、どうでしょう」わたしも、座る。「すぐにということはないと思います」

合格したからといって、全員がすぐに店長になれるわけではない。早い人は、十月の人事異動で店長になるけれど、わたしの場合はもう少し先になるだろう。キートスでわたしが店長になれば、今の店長は他の店舗へ異動になる。店長が今のままならば、わたしが他の店舗へ異動する。店長は六月に来たばかりだから、どちらの可能性もないと思う。

うちの会社で大きな異動は、六月と十月にある。

来年六月の異動で、わたしか店長が他の店舗へ行く。そして多分、わたしが異動になる。大阪か札幌のキートスに行く場合もあるし、全国各地にある居酒屋やイタリアンレストランに行く場合もある。

「すぐにではなくても、いつかは異動になってしまうんですね」羽鳥先生が言う。

「そうですね」

「それは、ちょっと寂しいですね」

「えっ？」

「葛城さんがキートスに来たのは、僕が通うようになってから三ヵ月が経ったころだと思います。それから、週に二回か三回は、葛城さんの働く姿を見ていました。最初は、まだ若そうだし、アルバイトなのかなと思っていたんです。でも、仕事ぶりを見ているうちに、社員だとわかりました。いつも笑顔で元気に働く姿に、励まされる気がしました。働きたくないと感じてしまう日でも、葛城さんの姿を見ると、自分もがんばらなくてはいけないと思えたんです」

「はあ」

「あっ、すみません」焦ったようになり、顔を赤くする。「変な話をしてしまって。話したこともない男にそんな風に思われていたなんて、気持ち悪いですよね」

「いえ、気持ち悪いなんて思わないです」

「いや、その、本当にすみません」下を向いてしまう。

「大丈夫ですよ。嬉しいです」

毎日来る常連さんにそう思ってもらえたのならば、わたしはキートスで七年以上、ちゃんと働いてきたと考えていいのだろう。笑顔で元気なのは表面だけで、裏では杉本君に怒ったりしていたが、そのイライラはお客さんにばれていないようだ。

「働きたくない日があるんですね？」わたしから聞く。

「予備校というところは、なかなか難しいです」顔を上げる。「今ぐらいの時期は特にそれを感じます。夏休み中に成績が伸びなかった生徒は、進路を考え直さなくてはいけません。一番上のクラスについていけなくなって、違うクラスに行く生徒もいます」

「夏を制する者は、受験を制す！　みたいな考えって、今もあるんですか？　わたしが高校生のころは、よく言われました」

「夏休み明けから一気に成績を伸ばす生徒もいますが、夏が勝負という感じは、今もあります。前よりも、その感じは強いかもしれません。一般入試はまだ先でも、十月ぐらいから多種多様な推薦入試がはじまります。どうするのか、九月中に決めなくてはいけないんです。これから徐々に推薦で合格する生徒が出てくると、一般入試を受ける生徒たちは、どうしてもストレスを溜めていきます。高校三年生や浪人生のクラスに行くと、そういう空気が充満しているんで、きついですね。もう少し経てば、集中して勉強するしかなくなって、空気が変わるんですけど」

「大学で人生が決まるわけではないのに、高校生のころはそう信じていました。そんなことはないと言われても、信じられなかった」

　必死に勉強して、まあまあいい大学に入って、望んだ会社に就職できたけれど、自分の人生がこれで良かったとは思えない。安泰であり、それだけで充分だとは思う。だが、どこかで違う選択肢を選んでいたら、もっと幸せになれる人生もあったのではないかと考えてしまう。

「そうなんですよね。ただ、僕は予備校の講師として、そういう話はできません。大学に入れば楽しいことがあると伝えつづけなくてはいけない」

「今の高校生が考える楽しいことってなんでしょう？」

「僕らのころと変わらないと思いますよ。大学生になったら、恋人ができるとか、サークルに入って遊べるとか、勉強しなくてよくなるとか、力説している先生もいますから。僕は大学生のころは今以上に数学漬けだったからそういう話はできないので、専門的なことを勉強する楽しさを伝えたいのですが、なかなか伝わりません」

「そうでしょうね」

　今だったら、勉強する必要性もわかるし、大学で専門的に勉強するのは楽しそうだとも思えるが、自分が十代のころはそんな風に考えられなかった。わたしは高校生のころ、数学がとても苦手だった。数学なんかやるだけ無駄でなんの役にも立たない、とみっちゃんと二人でよく言っていた。けれど、数学の授業がなかったら、頭を使って考えるということもしなかっただろう。

大学生の時はフウちゃんや友達と遊んでばかりで、何を勉強したのか、全く憶えていない。社会学部だったのだが、社会のことなんて何もわからないまま、卒業した。私立だから年間百万円以上の学費がかかった。ドブに捨てたようなものであり、もっと勉強すればよかった、と後悔している。大学に通い直したいと思ったところで、入試に受かるとは思えないし、通うためのお金も時間もない。

「きついなと感じる時には、数学が苦手な生徒の集まった高校一年生のクラスに行くと、楽しいです。彼らや彼女たちは、偏差値が高い生徒とは、全く違う発想でものを考えます。テキストに沿って、計画的に授業を進めなくてはいけないんですけれど、とんでもないところから質問が飛んでくるので、思い通りにはいかないですね」

「とんでもないところ？」

「公式を頭に叩きこんでいるだけの生徒には、とても考えられないようなことです。そういう生徒は自分が思っているほど、頭は悪くないんです。数学ができるようになると、一気に成績が良くなっていきます」

「条件の中にいないから、発想が柔軟なんですね」

「そうなんです！」羽鳥先生は嬉しそうな顔で、わたしを見る。

仕事が嫌だから、働きたくないとかきついとか感じるのではなくて、羽鳥先生は生徒の気持ちを考えすぎてしまうのだろう。

「逆に、公式に縛られている生徒は、あるレベルで伸び悩みます」今度は、悩んでいるような顔になる。

生徒のことになると、喜怒哀楽が激しくなるようだ。

「わたしは公式に縛られるというか、公式頼りでした。応用問題になると、全く解けませんでした」

「文系数学クラスは、そういう生徒がとても多いです。公式をそのまま使える問題ではないと、解けなくなってしまう」

「それでも、考えてはいると思いますよ。そこから抜け出せる生徒もいるんじゃないでしょうか」

悩んでいる顔がかわいく思えて、意地悪したくなったけれど、やめておいた方がいいだろう。抜け出せないくらい、深く悩ませてしまいそうだ。

「そろそろ行きますね」腕時計を見て、羽鳥先生は立ち上がる。

「わたしも、戻ります」

「もし異動になるようだったら、教えてください」

「はい」

「黙っていなくならないでください」

「……はい」

「じゃあ、失礼します」羽鳥先生は駅に向かって歩いていく。

「いってらっしゃい」背中に向かって、手を振る。


見えなくなるまで羽鳥先生を見送って、もう一度ガードレールに座る。

風が吹き、街路樹が揺れる。

陽ざしは強くても、風は冷たい。

来週の初めにはハロウィンの飾りつけをする。

涼しく感じる日が増えていき、本格的に秋が来る。

来年の今ごろ、わたしはここにいない。

店長試験のために必死で勉強して、合格して喜んでいたが、異動のことをちゃんと考えていなかった。

経験として、地方の店舗に行くことも必要だし、嫌ではない。

けれど、できれば都内にいたい。

東京を離れたら、みっちゃんや大ちゃんと気軽に会えなくなるし、ストロボにも行けなくなる。この年齢で、新しい土地に行き、新しい友達を作るのは、難しい。趣味なんて何もないし、飲み屋で知らないお客さんと積極的に話したりもできない。毎週のように行っているストロボでだって、話しかけられたら応じるぐらいだ。ＳＮＳのアカウントは一応持っているけれど、キートスの新作スイーツや自炊した料理の写真をたまに載せるだけで、そこから知らない誰かと交流するわけではない。

地方へ行けば、今以上に仕事しかない生活になる。

店とアパートを往復して、たまに映画を見にいくぐらいだろう。

しかしそれは、年齢や地方のせいではなくて、わたしに原因がある。

高校生のころからの友達や同期に甘えて、生きてきてしまった。

自分ひとりで判断することができない。

公式頼りで、どうにか数学のテストを乗り切っていた高校生のころから何も変わっていないという気がする。

友達が大学に行くから自分も大学に行き、友達が就職するから自分も就職する。多数派と同じ方へ行くという基本問題を解くだけで、先に進めない。結婚や出産や転職という応用問題を目の前にすると、解き方を想像することもできず、目を逸らす。

店長になれば、ほんの少しだが、今までより給料が上がる。貯金もしているし、贅沢《ぜいたく》をしなければ、ひとりで暮らしていけるお金はある。でも、定年まで今の会社に勤めるのだろうか。四十歳になっても、五十歳になっても、店長として現場に出つづける。それは、体力的に厳しい感じがする。会社を辞めて、フウちゃんとの夢だったカフェをひとりでオープンすると考えても、無理という気しかしない。それは、更に難しい応用問題であり、リスクが高すぎる。オープンのために貯金を使ったら、老後に不安しかなくなる。

　一ヵ月前は、店長試験を受けることは大きな決断だと思っていた。しかし、それが終われば、次の決断を求められる。そして、その先には、また別の決断が待っている。結婚したとしても、同じことだ。大ちゃんのマンションでのホームパーティーの時に友達は、子供の保育園や小学校をどうするのか、二人目や三人目は産むのか、一軒家とマンションのどちらを買うのか、話していた。

　何も決めず、全てから目を逸らせばいい。

　そういう人生が一番安全だ。

　会社が倒産しない限り、生きていける。

　けれど、このままではずっとひとりで、人生はただただ過ぎ去ってしまう。

　平均寿命の八十七歳と少しまで生きるとしたら、定年退職してからの二十七年と少しの間、ひとりで何をしたらいいのだろう。

　わたしが八十七歳になるころには、医療が進歩して、平均寿命は今より伸びると考えられる。健康で長生きするために、毎年ガン検診に行き、健康診断も受けている。しかし、なんのために長生きしたいのかは、わからない。

風が強くなる。

さっきまで晴れていたのに、雲が出てきた。

台風が近づいているため午後から雨になります、と朝の天気予報で言っていた。

早く店に戻ろう。

もうすぐ混む時間だし、何も考えずに働けばいい。

予報通り、ランチタイムが終わったころに、雨が降りはじめた。

雨の日は、どうしても売上げが落ちてしまう。

ランチタイムの後でも、いつもならば半分は席が埋まっているのに、今日は三分の一というところだ。台風が来たら、お客さんはもっと減る。どんなにお客さんが少なくても、わたしの給料に影響はない。それでも、胃が痛くなるような感じはする。個人経営のカフェなんて、わたしには絶対にできない。

厨房を杉本君とレナちゃん、ホールを他のアルバイトの子たちに任せ、わたしは休憩スペースで十月後半のシフトを作る。

シフト作りは、副店長の仕事だ。大学生の子たちの試験やサークルの合宿、フリーターの子たちのかけ持ちしているバイトのスケジュール、諸々《もろもろ》を考慮して作らなくてはいけない。バイトみんなでディズニーランドに行くから休みたいと言われた時には、怒る気力もなくなった。仲がいいのは素晴らしいことだけれど、働く責任をもう少し考えてもらいたい。最近の若い子はとか言いたくなくても、自分が大学生だったころと比べてしまう。わたしは大学四年間、近所にあったファミレスでバイトをしていた。みんなで遊びにいったり、飲み会を開いたりもしたが、シフトに入る人がいなくならないように相談した。

「葛城さん」杉本君が休憩スペースに来る。

「何？」

「十月の後半、土日休みがほしいんですけど」

「二連休ってこと？」

「はい」

「なんで？」

休み希望を出す時、理由を言う必要はない。こちらからも聞いてはいけないことになっているのに、思わず聞いてしまった。

「友達と遊びたいからです」杉本君が言う。

「はい？」

「ここで働くようになってから友達と全然遊べてないんですよ。土曜日にバーベキューとか誘われても行けないし、日曜日のホームパーティーも無理」

「毎週土日に出てるわけじゃないよね？」

月に一回か二回は、土曜日か日曜日に休めるように、シフトを組んでいる。

「そうですけど、自分が休みの日にバーベキューやホームパーティーがあるとは限らないじゃないですか」

「まあ、そうなんだけど……」

わたしも友達とホームパーティーをするために、休んだ。でも、休めないならば、ホームパーティーの参加を断るつもりだった。遊びよりも、仕事を優先するべきだ。だが、店長が子供と動物園に行くことを理由に休み希望を出してきた時、わたしは何も言わずに受理した。土日が忙しい店舗では、これは大きな問題で、結構揉める。既婚者で子供のいる人が優先的に土日休めて、独身者は何も優遇されない。彼女や彼氏が土日休みで、まともにデートもできずに別れ、結婚までたどり着けないというのは、よく聞く話だ。

遊びが理由でも受理していいのだけれど、杉本君のことは、そういう問題じゃない気がする。

「駄目なんですか？」

「うーん、仕事というのは、そういうものじゃないんだよ」

「休まず働けっていうことですか？」

「それもちょっと違うのだけど……」

今は何も考えたくないのだから、絡んでこないでほしい。

居酒屋にいたころは、深夜勤務が当然多かった。バイトの大学生はしょっちゅうサボり、社員がシフトの穴埋めをする。過労死するんじゃないかというくらい、働かされた。それに比べたら、キートスは閉店まで働いても、二十三時半には退勤できる。オープン準備をする早番はアルバイトに任せるから、社員は午前からの時でも、中番の十一時出勤でいい。残業はせず、月の所定労働時間を守っている。シフトに関しては優良店舗なのだから黙って働けよ！　と思うが、そういう問題でもないのだろう。

「うちの店の店長って、どうなるんですか？」いきなり話題を変えて、杉本君はわたしの前に座る。

「どういうこと？」

「十月から葛城さんが店長になるんですか？」

「店長のままだと思うよ。わたしは、来年六月に異動になるんじゃないかな」

休憩スペースと厨房はパーテーションが一枚あるだけでつながっているが、キッチンで入っているのはレナちゃんだけなので、話していても大丈夫だろう。ベラベラ噂話をしてまわる子ではない。大学生のレナちゃんは杉本君より年下でも、話が通じる感じがする。

「葛城さんに店長になってもらいたいなあ」

「なんで？」

「僕、店長苦手なんですよ。話が合わないんですよね。葛城さんが休みで、店長と僕の日なんて、何を話していいかわかんないです」

「話さないで仕事すればいいんじゃない？　今日だって、未だに厨房の仕事を憶えてないから、キッチンでシフト入れたの。お喋りしてる場合じゃないでしょ。店長に仕事を教わればいいじゃん」

「店長、仕事の教え方とかわかってない感じじゃないですか」

「そんなことないよ」

丁寧に教えてくれるし、怒らない人だから、アルバイトの子たちにはわたしより評判がいい。今の子たちは怒られ慣れていないので、杉本君に対するのと同じように言いたいことを言うと、拗《す》ねて辞めてしまったりする。

「なんかノリが違うんですよ。店長って、今年で四十歳になるんですよね？」

「来年ね」

「ああ、まあ、あんまり変わんないですよ。話すテンポとか、おっさんだなって感じしかしない。この店にも合ってないでしょ。葛城さんもギリギリって感じだけど」

「……ギリギリ？」

どういう意味かは、聞かない方がいい。三十代半ばのばばあがお洒落カフェで働いてんなよっ、という意味だとわかっている。杉本君は、店長やわたしの悪口を言いたいわけではない。思っていることを正直に話しているだけだ。いつものこととして、わたしについては、聞き流せばいい。でも、わたしは新入社員のころからお世話になってきたから、店長に関することは黙って聞ける話ではない。

「それでも、葛城さんがいいなあ」

「あのね、杉本君。店長は入社してからずっと色々な店で働いてきて、三十歳になるよりも前に店長試験に合格した優秀な人なんだよ。結婚して子供もいて、家族を大事にしながら、仕事で手を抜くことはない。それは結構、難しいことなの」

「店長試験って、葛城さんも受けた丸暗記試験ですよね？　あれ？　その前は、違ったんですっけ？」

「うん」

「違ったとしても、意味ない感じの試験であることに、変わりはないですよ」

「杉本君だって、いつまでも平社員っていうわけにはいかないからね。意味ない感じの試験を受けなきゃいけない時は来るの」

「その前に、僕は辞めます。長く働く気はないって言ってるじゃないですか」

「辞めるつもりでも、今は社員なんだから、やるべきことをやりなさいよ。いつになったら仕事を憶えるの？　バカバカしいって思うならば、マニュアルぐらい憶えてみなさいよ」

「だから、それは」

「あなたのまっすぐさや正直さはいいことだと思う。若くて羨ましいとも思う。けどね、言いたいことをなんでも言って聞いてもらえるほど、社会は甘くない。わたしも店長も会社に不満が一つもないわけじゃなくても、何も言わずに働いてる。給料をもらって、それで生活してるんだから。社員として、がまんするべきこともやるべきことも、たくさんあるの。わたしや店長の考え方が古くて、杉本君の言っていることが正しいのかもしれない。でも、正しいことだけ言ってればいいわけじゃないと思う。正論っていうのは、どんな意見にも勝ってしまうから、何も言い返せなくなる。それは、一番の攻撃で、人を傷つけるってわかんない？」

「……そういう感じが古いんだよ」わたしから目を逸らして下を向き、杉本君は小さな声で言う。

「どうしたんですか？」洗い場で作業していたレナちゃんが慌てて、わたしたちの方へ来る。「メイさん、ちょっと向こうに行きましょう」

レナちゃんに身体を支えられて、裏口から外へ出る。

雨が降っているので、閉めたドアの前に座る。ドアの上にある小さな屋根の下に入る。

ひとりしか歩けないくらいの通路で、目の前には裏のドラッグストアとの間の壁がある。

「ごめん」レナちゃんに言う。

社員同士が仕事中にけんかして、アルバイトの子に仲裁に入ってもらうなんて、一番みっともない。店長のためと思いながら、自分のために怒ったんだ。杉本君はわたしの部下なのだから、もっと真剣に話を聞くべきだった。アルバイトの子たちと同様に、杉本君だって怒られ慣れているわけではない。

「大丈夫ですよ。いつかこういう日は来る気がしてました」

「本当にごめんなさい」

「杉本さんも、怒られた方がいいんですよ」

「いや、うん、そうなんだけど」

「いつまでも仕事を憶えないことに、バイトの中でも、不満が上がってきています」

「そっか、ごめんね。怒るんじゃなくて、もっと早くに杉本君とちゃんと話すべきだった」

若いし、帰国子女だからわからないと放置するのではなくて、わかるまで付き合うのも、上司であるわたしの仕事だ。店長がわたしの店長試験に付き合ってくれたように、わたしは杉本君を教育しなくてはいけなかった。

「でも、杉本さんは、言いたいことを言ってるわけじゃないと思いますよ」

「あれで、言いたいこと言ってないの？」

「杉本さん、日本語がわからないんだと思います」レナちゃんは、声を潜める。

「えっ？　日本語、喋ってんじゃん」

「基本的には、喋れます。お喋りしてる分には、問題ないです。だから、バイトのほとんどが違和感も何も感じず、喋ってます。でも、わたしは今日みたいに杉本さんと働くことが多いので、気づきました」

「レナちゃんよりわたしの方が、杉本君と一緒に働く時間は長いよ」

「杉本さん、メイさんに嫌われたくないんですよ。日本語がわからないことがばれたくなくて、マニュアルをバカにしてるんです」

「マニュアルがわからないっていうこと？」

「そうだと思います。たとえば何っていうのが出てこないんですけど、わたしたちが英語では言えないようなものがあるじゃないですか？　授業でも習わないし、普段の会話にはあまり出てこないような単語」

「洗濯槽とか？」

「そうです。そういう感じです」

「……なるほど」

　マニュアルにはそういう言葉が並んでいる。それをわからないと言えず、杉本君はごまかしていたんだ。子供みたいな意地を張らずに言えばいいのにと思うが、彼にとってはコンプレックスなのだろう。

それを知ろうともしなかったわたしが悪い。

レナちゃんが気づけたのだから、わたしが気づけるきっかけは、もっとたくさんあったはずだ。洗濯槽の話をした時だって、からかわれているのかと思うだけで、深く考えもしなかった。

「中の様子、見てきますね」レナちゃんは立ち上がる。

「お願い」

ドアを開けるために、わたしも立ち上がり、小さな屋根の外へ出る。

ひとりになったら、涙が零《こぼ》れ落ちた。

髪や制服が雨で濡《ぬ》れる。

大ちゃんの左手の薬指で、銀色の指輪がオーラを発している。

休憩中にスマホを見たら、大ちゃんから〈話があるのだけど、今日の夜あいてる？〉と、ＬＩＮＥが届いていた。いつもは、わたしかみっちゃんから誘いのＬＩＮＥを送ることが多い。大ちゃんから送られてくることもあるけれど、飲みに行こうというスタンプだったり、写真付きで〈飲んでます〉と送ってきたり、気軽な感じだ。お父さんかお母さんが病気とか、会社でトラブルが起きたとか、何かあったのかもしれないと思い、仕事を上がった後に急いでストロボまで来た。

奥のテーブル席で、大ちゃんはいつもと同じように、カウンターに背を向けて座っていた。みっちゃんはいなくて、ひとりだ。

「何それ？」指輪をさして聞く。

「結婚しました」結婚会見をする芸能人のように、大ちゃんは左手を顔の横に掲げる。

「えっ？　どういうこと？」聞きながら、奥の席に座る。

「隠していて、ごめん」手を下ろし、頭を下げる。

「彼女いたの？」

「……はい」

「なんで黙ってたの？」

頭の中が整理できず、責めるような口調になってしまう。

「騒ぐじゃん。色々うるさいし」

「誰が？」

「メイちゃんはまだいいよ。でもさ、みっちゃんには、何を言われるかわかんないから。いや、わかってるから嫌なんだけど」

「ああ、色々あったもんね」

二十代のころ、大ちゃんに彼女ができるたびに、みっちゃんは駄目出しをした。かわいいだけで中身がない、大ちゃんのお金目当てとしか思えない、喋り方が気持ち悪い。彼女本人の前で言い、泣かせたこともある。それが原因で、大ちゃんと彼女は、その一週間後に別れた。そんなことがあっても、大ちゃんがみっちゃんを責めることはなかった。

「今日、みっちゃんも来るのは、いいの？」わたしから聞く。

三人のグループＬＩＮＥに大ちゃんは連絡してきた。みっちゃんも〈あいてる〉と、返信していた。

「いつかは、言わないといけないことだから」

「そうだね」

「入籍したし、何を言われても、もう戻れないから」

「そっか」

「そう」大ちゃんは、ビールを一口飲む。

「おめでとう」友達として一番に言うべきことを忘れていた。

「ありがとう」大ちゃんは、笑顔になる。

これからは今までみたいに会えなくなるだろうし、寂しい気はする。先を越されたとか、裏切られたとか、少しだけ思ってしまう。それでも、大ちゃんの笑顔は本当に嬉しそうだったから、わたしも嬉しくなった。

「あっ、シャンパンとか飲んじゃう？　お祝いに、わたしが奢《おご》るよ」

「いいよ、いいよ。ビールで」

「今度、ちゃんとお祝いしようね。おいしいもの食べにいこう」

マスターに、ビールを頼む。大ちゃんもビールを飲み干して、新しく頼む。

「でも、良かった。何か悪いことがあったのかと思った」ビールで乾杯してから話に戻る。

「悪いこと？」

「LINEからいつもと違う真剣さが出てたから」

仕事中に考えていたことを大ちゃんに話す。

「恋愛関係で何かあったとは、思わなかったってこと？」

「思わなかったね。だって、彼女いないって信じてたもん。気になる女の子がいるとか、彼女できたとかでは、もう連絡してこないでしょ？」

「しないな。前は、それだけで騒いでたのにな」

「高校生の時は、みっちゃんに何度も告白してはふられて、そのたびに大騒ぎしてたよね」

「あったな。そんなことも」

入学式でみっちゃんに一目惚《ぼ》れした大ちゃんは、次の日の放課後に最初の告白をした。みっちゃんは、「名前も知らない男子に告白されて、ちょー怖い」と、教室で待っていたわたしや他の友達に言い、本気で怯《おび》えていた。大ちゃんは、何度ふられてもめげずに、高校三年間でみっちゃんに三十回以上告白しつづけた。最後の方は、「好きだよ」「ごめんなさい」というのがあいさつみたいになっていた。それも告白の数に入れるならば、百回以上だと思う。二人のやり取りを見ているうちに、大ちゃんと仲のいいフウちゃんとわたしも話すようになった。

「大ちゃんは今も、みっちゃんが好きなんだと思ってた」

「なんで？」驚いた顔をして、大ちゃんはグラスを置く。

「うーん。最終的には、みっちゃんは大ちゃんを選ぶんじゃないかなって」

「俺の長年の片想いが実って、二人は幸せになる。って、思ってたの？」

「うん」

「ないよ。そんな、ドラマや少女漫画みたいなこと。メイちゃんは、子供だなあ」声を上げて笑う。

「そうだけど……」

仕事中は、自分はもう若くないと感じる。ストロボのマスターには「中学生みたいだ」と言われ、大ちゃんには「子供」と言われる。

わたしは一体、大人なのだろうか、子供なのだろうか。

「みっちゃんのことは、高校の卒業式の日で諦めたから。それに、大学生になって彼女ができたら、どうしてみっちゃんのことを三年間も好きだったんだろうって、後悔した」

「そうなの？」

「かわいくて優しい女の子は、世の中にたくさんいる」

「女の子が優しいなんて、幻想だよ。大ちゃんも、子供だなあ」少しだけ悔しかったので、やり返す。

「それは、わかってる。女の子は、男よりずっと気が強いし、優しさの大部分は演技だ。

でも、みっちゃんに比べれば、誰でも優しい」

「それは、そうかもね」

　みっちゃんだって、優しくないわけではない。普段言っていることはきつくても、わたしが落ちこんでいる時には、黙ってそばにいてくれた。フウちゃんと別れた後、みっちゃんがいなかったら、わたしはいつまでも立ち直れなかった。でも、大ちゃんには、ただただきついだけだ。

「みっちゃんとは、友達だよ。これから先もずっと。それは、決めたんだ。俺やメイちゃんにはあんなにきついのに、みっちゃんは彼氏の前では優しいだけの女の子になってしまう。きついことを言って好きに話せるだけ、俺やメイちゃんのことを信用してくれている。だから、何があっても、友達でいる」

　十五歳の時に初めて会って、もう二十年近く一緒にいる。お互いのいいところも悪いところも、わかりすぎるくらいにわかっている。高校生の時の恋愛感情よりも強い気持ちで、大ちゃんはみっちゃんのことを考えている。

　扉が開き、みっちゃんが入ってくる。

「どうしたの？」心配そうな顔で、大ちゃんに駆け寄る。

　わたしと同じことを考え、何かあったのかもしれないと不安になっていたのだろう。

「じゃんっ！」さっきと同じように顔の横に左手を掲げて、大ちゃんはみっちゃんに指輪を見せる。

何も言わず、みっちゃんは大ちゃんの指輪を見る。しばらく見た後で、ストロボから出ていってしまう。

「えっ？」わたしと大ちゃんは、声を上げる。

追いかけた方がいいのだろうか。

わたしが追いかけるのか、大ちゃんが追いかけるのか、どっちがいいのだろう。

「追いかける？」大ちゃんに聞く。

「いや、やめておこう」

「……でも」

「俺が結婚したことがショックだったんだよ」身体をひねり、大ちゃんは扉の方を見る。

「うーん」

そうではなかったら、出ていかない。しかし、みっちゃんはいつも、大ちゃんだけは絶対に恋愛対象にならないと言っている。それなのに、どうしてショックを受けるのだろう。たとえどちらかの片想いでも、お互いの間に恋愛感情があった二人のことは、他人には理解しきれない部分がある。大ちゃんに対し、みっちゃんはわたしにも言わなかった気持ちを隠している。今、追いかけたところで、本当のことは話してくれない。

「それより、披露宴やるから」大ちゃんは、わたしの方に向き直る。「籍を入れて、お互いの親戚だけ集まって教会で式は挙げたんだけど、披露宴は別にやろうと思って」

「いつ？」

「十二月のクリスマス前。ホテルとかじゃなくて、レストラン貸切にして、立食パーティーにする。来てくれるよね？」

「もちろん」

親友とも思える大ちゃんの結婚式に呼ばれて、断れるはずがない。

でも、そこには、フウちゃんも来る。


アパートに帰って、みっちゃんにＬＩＮＥを送るか電話をかけるか考えていたら、みっちゃんからＬＩＮＥが届いた。〈まだ大ちゃんといる？〉と書いてあったので、〈もう帰ってきた〉と返信を送る。すぐに〈今からアパートに行っていい？〉と、送られてきた。

〈いいよ〉と返して、部屋を軽く掃除する。

部屋に誰か来るのは、久しぶりだ。

前は、みっちゃんや学生のころの友達がたまに来ていた。みんなで鍋をやったり、お菓子を食べながら話したりした。学生のころは、ひとり暮らしをしている友達の部屋をたまり場のようにして、気軽に遊びにいっていたが、今はそういうわけにはいかない。相手の趣味を考えたお土産を持参しなくてはいけないし、呼ぶ方も準備が必要になる。気を遣い合うのも大変なので、外で会うことが多くなった。

　ここに引っ越してきたのは、フウちゃんと別れてしばらく経った後なので、恋人が来たこともない。男の人で部屋に入ったのは、大ちゃんだけだ。

　三十分くらい経ち、もうすぐ明日になるというころに、みっちゃんは来た。

「いらっしゃい」

「お邪魔します。外、寒い」みっちゃんは靴を脱ぎ、部屋に上がる。

　昼間は暖かかったが、夜になって一気に冷えこんだ。

　開けたドアから冷たい風が入りこんでくる。

　ドアを閉め、鍵をかける。

「温かいもの飲む？　お酒にする？」

「温かいの」

「コーヒー、緑茶、ほうじ茶、アールグレイ、アッサム、カモミールティー、ミントティー、ジンジャーレモンティー、柚子《ゆず》茶、どれがいい？」

「選択肢、多くない？」

「紅茶は他にもある。あと、中国茶も何種類か」

　仕事のために、普段から様々なお茶を飲んだり話題のカフェに行ったり、勉強するようにしている。

「柚子茶で」

「今淹れるから、座ってて」

「うん」

みっちゃんは本棚の前に行き、母の遺影に手を合わせる。その後でコートを脱ぎ、テーブルの前に座る。高校生や大学生のころ、みっちゃんはよくうちに遊びにきていたので、母とも何度も会っている。病院にもお見舞いに来てくれた。

自分の分の柚子茶も淹れてから、わたしはみっちゃんの前に座る。

「柚子茶って、こういうもんなんだ」マグカップを見つめ、みっちゃんが言う。

「普通のお茶の方が良かった？」

柚子茶は、「茶」とつくけれど、茶葉で淹れるわけではない。柚子で作ったジャムのようなものをお湯で溶かした飲み物だ。

「これでいい」

マグカップを見つめたまま、みっちゃんは黙ってしまう。テレビをつけたり、わたしから何か聞いたりするべきではないだろう。わたしもマグカップを見つめ、みっちゃんが話し出すのを待つ。足が冷えてきたので、電気ストーブをつける。

「大ちゃん、なんだって？」少し冷めた柚子茶を一口飲み、みっちゃんが言う。

「結婚するって」

「誰と？」

「今の会社で春までバイトしてた子」

四十歳で二十歳の嫁をもらうと大ちゃんが言っていたのは、冗談というほどでもなかったのか、結婚相手は一回り下らしい。

彼女は、今年の三月まで大学に通いながら、大ちゃんが専務をやっている会社で、アルバイトをしていた。専務やアルバイトという立場はどうでもいいことで、全員が上下関係を気にせず、コミュニケーションをとるようにしている。大ちゃんの仕事を彼女が手伝い、彼女の仕事を大ちゃんが手伝い、親しくなり、一年くらい前から付き合うようになった。大学卒業後、彼女は英語とＩＴビジネスを勉強するために、サンフランシスコに半年間行っていた。だから、大ちゃんの部屋に、女の気配がしなかったのだろう。先月の終わりに彼女が帰国したので、入籍して式を挙げ、一緒に暮らしはじめた。結婚しても、彼女は働く。インターネット関連の新しい会社に、就職が決まっている。

写真を見せてもらったが、とても優秀そうなかわいい女の子だった。こんな子がどうして、背も低くて小太りでかっこいいとは言えない大ちゃんを選んだのかと思ったが、仕事や人生に対する価値観が合ったのだと思う。大ちゃんは、今まで通りに家事はハウスキーパーさんに頼み、彼女にやらせるつもりはないようだ。やろうと思えば自分でできることに、お金を払うなんてもったいないとは、考えもしないのだろう。お金で時間を買うという考えは、間違っていないと思うが、わたしにそういう生活はできない。

最後までわたしの話を黙って聞き、みっちゃんは泣き出す。

「ええっ！　なんで泣くの？」台所からティッシュを持ってきて、みっちゃんに渡す。

「だって、大ちゃんが結婚するなんて、思わなかったから」洟《はな》をかみながら言う。

「大ちゃんのこと、好きだったの？」

「それはないっ！」大きな声で否定する。

「静かにね。みっちゃんの住むマンションとは違って、壁が薄いから」

「ああ、ごめん」声を小さくして、もう一度洟をかむ。「好きじゃないけどさ、大ちゃんはいつまでもわたしを好きだと思ってたんだもん」

「そうなんだ」

それについて、大ちゃんがどう話していたのかは、言わない方がいいだろう。

「保険っていう感じだったんだよね。このまま独身でいて、最終的にどうしようもなくなっても、大ちゃんがいるって思ってた。三十八歳になっても独身だったら、結婚してもいいかなって」

「なんで、三十八？」

「四十歳になる前に子供を産みたい」

不妊治療が必要というわけではない友達でも、計算通りにはできないと話していた。妊活をはじめるならば、一日でも早い方がいい。

　四十歳を過ぎてひとり目を産む人もたくさんいるし、産めないわけではない。だが、今より更にリスクが高くなる。妊娠のリスクはいくつか考えられる。中でも、流産する可能性は一気に高くなっていく。目に見えない部分でも、老化は進んでいる。お腹の中で子供を育てることに、身体が耐えられなくなってしまう。

　わたしはみっちゃんと違い、どうしても子供が欲しいわけではないし、結婚したいとも思わない。でも、子供が欲しくないわけでもないし、結婚したくないわけでもない。フウちゃんと付き合っていたころみたいに、相手がいれば、子供を望むようになる。「子供を産まない」という決断は、大きすぎて、まだ考えられなかった。

「保険かあ」わたしは思わず、呟いてしまう。

　友達である大ちゃんのことをそんな風に言うなんてひどいとは思うが、その気持ちはわからないでもない。

　わたしが大ちゃんと結婚するということはないけれど、大ちゃんとみっちゃんが結婚すれば、わたしの人生もどうにかなる気がしていた。ひとりでいたくない時は二人の家に行き、二人の子供を親戚のような立場でかわいがり、病気になった時には二人やその子供に連絡する。家族のように思える場所があるのは、心強い。今までは、独身三人でいることを家族のように感じていた。

これからも、大ちゃんとは友達だ。だが、自分の家族がある人とは、ただの友達でしかなくなる。わたしが大ちゃんを家族みたいと思っても、大ちゃんには守るべき妻がいて、いつかは子供もできるだろう。

「保険、入ってる？」みっちゃんが言う。

「入ってるよ」

死んでもお金を残すべき家族はいないから生命保険には入っていないが、病気になった時のために医療保険に入っている。

「わたしも保険に入ったりして、メイみたいに、ひとりで生きる老後を考えようかな」

「ちょっと、わたしだって、結婚するかもしれないからね」

「それは、やめてっ！　メイに先に結婚されたら、ひとりになっちゃう。そしたら、生きていけない」

「みっちゃんには、優しいお父さんとお母さんがいるじゃん」

「メイにだって、お父さんはいるじゃん。メイのお父さんは、うちの両親の千倍くらい優しかったよ」

「甘かっただけだよ。それに、もう会えないから」

「会わないの？」

「連絡先、わからないし」

家族だったのだし、戸籍上はまだ父と娘のままだ。

父を忘れることはできない。

会いたい、話したいと思うこともある。けれど、その存在をできるだけ考えないようにしている。わたしに対する父の愛情はなくなってしまったのだから、それを求めても、苦しくなるだけだ。

「連絡ないっていうことは、生きてるってことだよ」冷めきった柚子茶を飲み、みっちゃんはわたしを見る。

「そうだね」わたしも、冷めきった柚子茶を飲む。

出ていった父を憎み、死んでしまえばいいと考えたこともある。

だが、今はそこまで強い感情もない。

「誰かいい人いない？」台所に行き、みっちゃんは勝手に冷蔵庫を開けて、白ワインを出してグラスに注ぐ。

「合コン？」

「そういう曖昧《あいまい》なものじゃなくて、お見合いくらいの勢いで」戻ってきて、座る。

「お見合いでいいならば、お父さんとお母さんに相談したら、いくらでもあるでしょ」

みっちゃんのお父さんは銀行に勤めているので、前はよく仕事関係の人とのお見合い話があった。ホテルのレストランでごはんが食べられると言い、みっちゃんは何度かお見合いの席に行っていたが、その日のうちに全て断った。

「二十代の時はね。今は、全くない。選び放題の時に結婚してれば、良かった。それか、親が一番すすめていた相手と何も考えずに、結婚するべきだった。その方が楽だったんじゃないかと思う」

「それは、たまに考えるよ」

　世界中にいる男性とまでは言わなくても、生まれてから今日までに会った男性でも、結構な人数がいる。幼稚園で同じぶどう組だった子、小学校の同級生、中学生や高校生になればクラスだけではなくて部活の先輩や後輩もいる。大学生になると更に、バイトの友達や飲み会で会った人も増える。社会人になってからは、更に増えた。その中からひとりを、自分で選ばなくてはいけない。

　二十代の時はみっちゃんの話を聞き、わたしもお見合いは嫌だなと思っていた。しかし、「この人！」と、誰かに決めてもらった方が楽でいい気がする。互いに相手のことをわかっていないという前提なので、うまくいくかもしれない。今の時代、インターネットを使えば、趣味や生活スタイルの合う最適な相手とマッチングしてもらうことは可能だ。婚活サイトに登録すればいいのかもしれないが、もっと強制力のあるシステムに決めてもらいたい。

「本社勤めの人とか、お店のお客さんとか、誰かいない？」

「前にストロボで会った人は？」鯨岡さんは指輪をしていないし、独身だと思う。

「ない、ない。他は？」

「他ねえ」

「もっと堅実そうな人がいい。わたしより稼いでいて、優しくて、物静かで、頭のいい人」

「ああっ！」

「何？　誰かいるの？」

「……いない」首を横に振る。

羽鳥先生ならば、同い年で独身だし、みっちゃんの嫌いなタイプではない。カリスマ予備校講師だから、稼ぎもあるだろう。みっちゃんが好き勝手に喋っても、羽鳥先生は優しく聞いてくれそうだ。

でも、羽鳥先生のことは、紹介したくなかった。


二十代のころは朝まで飲んで、家に帰ってシャワーを浴びて、寝ずに出勤しても大丈夫だったのに、もう無理だ。

仕事中でも、眠くてしょうがない。

みっちゃんは、明け方まで結婚や出産に関して話し、帰っていった。それからすぐにべッドに入ったので、三時間は眠れた。なのに、頭がぼうっとする。遅番の店長と替わってもらえばよかったと考えてしまうが、寝不足なのは自分が悪いので、そんなことでシフトを変更するべきではない。こういう考えも、古いのだろうか。社員三人でお互いの希望をもっと言い合って、柔軟に対応していった方がうまくいくのかもしれない。でも、さすがに、友達と話していて寝不足だから遅番がいいというのは、駄目だ。どこまで柔軟になればいいのか判断が難しい。あれは駄目、これは駄目と厳しくしていた方が線引きがはっきりして、わかりやすい。

外はとても晴れていて、秋の陽は輝いている。

二日酔いというわけではないのに、陽ざしに苦しさを覚える。まだ寝ていたいと訴えている細胞を、無理矢理起こされているように感じた。

羽鳥先生は、陽の光の中で、鶏肉と根菜の甘《あま》酢《ず》炒《いた》めランチセットを食べている。十月からメニューが変わり、鶏の唐揚げの南蛮漬けはなくなった。

レジカウンターで作業しているフリをしながら、羽鳥先生を見る。

どうしてフウちゃんと似ていると思ったのだろう。今は、羽鳥先生をどんな角度から見ても、フウちゃんのようには見えない。色の白さや細い目は似ている気がするが、それだけだ。羽鳥先生は羽鳥先生であり、フウちゃんではない。前とは逆に、フウちゃんを思い出そうとすると、羽鳥先生と似ていたと感じることはある。そもそも、フウちゃんの顔はもう、はっきり思い出せなかった。声や仕草、触った時の感触、触られた時にどういう気持ちになったのか、全てを忘れてしまった。毎年送られてくる年賀状の中のフウちゃんは、子供たちを抱いてお父さんの顔をしていて、わたしのよく知らない人だという感じがした。大ちゃんの結婚パーティーで会っても、フウちゃんだとわからないかもしれない。

　フウちゃんとは、高校も大学も一緒で、大学では同じアウトドアサークルに入っていたのだけれど、誰かの結婚式で会ったことがない。わたしは女の子とばかり仲が良くて、フウちゃんの友達は男の子ばかりで、親しくしているグループが違った。サークルの先輩同士の結婚式では会うかと思ったが、フウちゃんは出張で来られなかった。会えないことを残念と思いながら、ほっとした。もしかしたら、フウちゃんはわたしを避けるために、出張と嘘をついたのかもしれない。大ちゃんのパーティーは、そんな嘘で逃げられないから、必ず来る。

　羽鳥先生は食べ終えて箸《はし》を置き、手を合わせて少しだけ頭を下げる。食べはじめる前にも、同じようにする。「いただきます」と「ごちそうさま」を言うように、両親に厳しく育てられたのだろう。食べ方もキレイで、米粒一つだって残すことはない。姿勢もいいし、育ちの良さがにじみ出ている。中学校から私立の進学校に通っていたと、予備校のホームページの講師プロフィールに書いてあったし、いい家のお坊ちゃんなのだと思う。現役で難関国立大学に受かり、大学院まで進み、博士課程の途中で辞めて、予備校の講師になったらしい。

カバンから文庫本を出し、羽鳥先生はアイスティーを飲みながら、読み進める。

お客さんは他にいないし、ホールでシフトに入っている杉本君とレナちゃんは厨房に行き、ランチの仕込みを手伝っている。

ホールには、わたしと羽鳥先生しかいなくて、おだやかに時間が過ぎていく。

杉本君とけんかして三週間くらい経つが、謝っていない。

部下である彼のことを理解していなかったわたしが悪いのだし、言いすぎた。しかし、謝ろうと思っても、タイミングがつかめなかった。反省したのか、あれから杉本君はマジメに働いている。店長やレナちゃんに教えてもらいながら、マニュアルも憶えた。杉本君が日本語をわかっていないことに店長も気がついていたようだ。わからないだろうと思われる単語について説明しつつ、仕事を教えていた。

あんなにしょっちゅう絡んできて、うるさく色々言ってきた杉本君は、わたしに最低限のことしか話しかけてこなくなった。静かになって良かったし、心をえぐられることもなくなって安心とは思っても、気まずいという気持ちで胸がいっぱいになる。レナちゃんや他のアルバイトの子たちが杉本君に熱心に仕事を教えている姿を見ると、責められているような気持ちになった。彼女たちのわたしに対する態度は前と変わらないので、嫌われているわけではないと思いながらも、裏で悪口を言われているんじゃないかと考えてしまう。

杉本君の方が年齢も彼女たちに近い。仕事ができるようになれば、杉本派のアルバイトが増えていく。店長や副店長は多かれ少なかれ悪口を言われているものだとわかっていても、息苦しい。

店のことは愛しているが、早く異動したい。

地方でもどこでもいいから、ここではないどこかに行かせてほしい。

十月の異動では、わたしにも店長にも杉本君にも、辞令は出なかった。

来年の六月までは、長い。

こんな気持ちで働いてはいけない、前向きになろう。そう思っても、寝不足でぼうっとした頭は、思考を暗い方へ進めていく。まずは、もう若くないと認めて、健康第一に暮らすようにしていこう。身体も立場も変わっていき、今までと同じというわけにはいかなくなっていく。

六月に異動したら、店長になり、すぐに三十六歳になる。

三回目の年女《としおんな》だ。

十二年前のことは、怖いほどはっきりと憶えている。フウちゃんの顔は薄れても、何があったかは忘れていない。更に言えば、二十四年前の小学生だったころのことだって憶えている。同じ年月が経ったら、還暦を迎える。六十歳なんてまだまだ先のことだと思っていたけれど、そうでもないのかもしれない。

ガラス扉が開き、鯨岡さんが入ってくる。

暗くなっていくばかりの思考を止めて、頭を切り替える。

「いらっしゃいませ」

「おはよう。メイちゃん」

「おはようございます」

「奥の席、いい？」

「どうぞ」

鯨岡さんは奥の広いソファー席に座る。

わたしはドリンクカウンターから水とメニューを出す。

「メイちゃん、最近、ストロボに行ってる？」鯨岡さんが言う。

「昨日、行きましたよ」メニューを渡す。

「マスター、元気にしてた？」

「うーん、いつも通りだったと思います」

大ちゃんの結婚話に夢中で、マスターとは話さなかった。でも、他のお客さんとはいつもと同じように喋っていた。注文を受ける時の感じも、飲み物を出す時の感じも変わりはなかった。

「そっか」

「何かあったんですか？」

「奥さんの命日が近づいてるから」

「……えっ？　奥さん、亡くなってるんですか？」

「そうだよ。知らなかった？」

「はい」

「俺も、ストロボでよく会う人から聞いただけで、本人に聞いたわけじゃないけど。奥さんが亡くなったのをきっかけに会社を辞めて、前のオーナーから店を引き継いだんだって」

「そうだったんですね」

　店長試験の合格が決まった日、ストロボでマスターと恋愛感情について話した。その時、マスターは奥さんのことを話していた。いつもそばにいる人について、話しているようにしか見えなかった。

「命日が近づくと、調子を崩していくのがよくわかるって。奥さんのこと、思い出すんだろうな。だから、ストロボに行きたいと思ってるんだけど、忙しくて」

「わたし、時間あるんで、行ける時に行くようにしてみます」

　わたしも、母の命日が近づくと、色々と思い出す。普段から忘れないようにしているが、その存在が色濃くなっていく。

「いつかまた、一緒に行こうね」

「また偶然会えるといいですね」

いつもの展開になってきたからかわして、ドリンクカウンターに入る。もうすぐ混んでくるから、すぐに出せるように、コーヒーや紅茶の準備をする。本当は一杯ずつ丁寧に淹れたいのだけれど、効率重視になってしまう。杉本君は「効率、効率」と言うが、効率が良ければいいということではないと思う。時間をかけ、丁寧に淹れたコーヒーや紅茶の方がずっとおいしい。でも、それでは、満席になった時にお客さんを待たせることになる。

最高で六十名まで入るので、混雑時には効率を取るしかない。厨房でも、杉本君とレナちゃんとキッチンの子が、効率良く回せるように仕込みをしている。ストロボくらいの広さで、満席でも十五人程度しか入らないお店だったら、丁寧にすることを優先できるのかもしれない。

考えごとをしている場合でもないから、状況確認に頭を使うことにして、仕事を進める。

お客さんが続々と入ってきて、混みはじめたので、杉本君とレナちゃんにホールに戻ってもらう。

水とメニューを出し、注文を取り、動きつづける。

睡眠三時間でも、身体が動かないというほどではないようだ。

混んできたことを察し、羽鳥先生は文庫本をカバンに入れて、立ち上がる。

杉本君もレナちゃんも接客中だったので、わたしがレジに入る。

「ありがとうございます」伝票を受け取る。

「何かありました？」羽鳥先生が言う。

「何か？」

「顔色、悪いんで」

「ああ、ちょっと寝不足なんです」下を向き、レジを打つ。「朝まで友達と話していまして」

顔がいつもより白い気がしたから、血色が良く見えるように、ファンデーションにチークを混ぜた。それでも、足りなかったのだろう。

「そうですか」お財布からお金を出す。「すみません。失礼なことを聞いてしまって。体調が悪いとかではないならば、良かったです」

「大丈夫です。寝不足で出勤するわたしが悪いんで」おつりはないので、レシートだけ渡す。

「そんなことないです。すみません」頭を下げながら、羽鳥先生は外へ出る。

「ありがとうございました」背中に向かって言う。

わたしを見て、羽鳥先生は「笑顔で元気に働く」と思ってくれていたのに、みっともないところを見せてしまった。

十四時になってランチタイムが終わったら、ドリンクカウンターの周りを片づけて、アイスティーやアイスコーヒーを補充する。夜までの間は、季節限定のスイーツやドリンクを頼むお客さんが多いので、モンブランラテを出しやすいように準備する。社員はそれぞれ事務仕事や在庫確認をする時間だから、アルバイトに任せることなのに、杉本君は率先して動いている。

イヤミで、わざとやっているように思えてしまう。

六月からずっと、杉本君がマニュアルを憶えて、必死に働くことを願ってきたが、これを望んでいたわけじゃなかったという気がしてくる。アルバイトの女の子たちとお喋りしながら働いていて、楽しそうだ。

「なんですか？」ガムシロップを補充しながら、杉本君はわたしの方を見る。

「……何も」

「言いたいことがあるんだったら、言えばいいじゃないですか？」

「ないです。言いたいことなんて、何もありません。楽しそうに働いていて、素晴らしいなと思っていただけです」

「そういう感じには、見えませんでしたけど」杉本君は、わたしの横に来る。

いつも以上に威圧感を覚える。

身長は二十センチくらい差があるし、身体つきも違う。杉本君が女性に暴力を振るったりするとは考えられないけれど、もしも殴られたりしたら、とても敵《かな》わない。近くに立たれることを怖いと感じた。ジムで鍛えているのか、細くても筋肉はついている。

十歳下でも、杉本君は大人の男の人だ。

「……ごめんなさい」謝って、一歩離れる。

「えっ？　何に対してですか？」驚いた顔をして、杉本君は一歩近づいてくる。

「なんか、色々」更に一歩離れる。

「色々？」離れた分だけ近づいてくる。

アルバイトの子たちは作業をしながら、おもしろいものを見る目で、わたしと杉本君を見ている。

ここでも、わたしは子供なんだ。

十歳以上年下のアルバイトの子たちの方がしっかりしている。彼女たちはきっと、大学を卒業して、就職して、結婚して、出産して、仕事に復帰してという道を順調に歩んでいける。迷った時や悩んだ時には、反面教師として、わたしを思い出せばいい。

順調に生きていくことだけがいい人生だとは思わないし、結婚や出産に関して、日本の女性は主義主張をしていくべきだ。男女平等を掲げながらも、平等とはほど遠い。女性でも出世できる会社は多くなってきているようだが、それをわざわざ言わなくてはいけないのは、不平等の証拠だ。働き方も結婚生活も多様化していき、人それぞれ違うということをもっと自然に受け止められる世の中になるべきだ。

　しかし、どんな人生を歩んだとしても、三十代半ばにもなって新入社員とけんかして、周りに迷惑をかけるような人になってはいけない。

　半年前までは、楽しく働けていて、アルバイトにも慕われていると感じられていたのに、わたしはいつからこんな駄目な人になってしまったのだろう。

　いい大人のくせに、自分を子供だと感じるなんて、気持ち悪いだけだ。

「葛城さん、僕と付き合いませんか？」杉本君は、わたしの顔をのぞきこんでくる。

「はい？」思わず、睨《にら》んでしまう。

「僕たちはもっとお互いのことを知るべきだと思うんです。そのためには、付き合うっていうのもいいんじゃないかと思って」

「何、言ってんの？」

「僕、結構、葛城さんのことが好きなんで、大丈夫ですよ」

「ああ、そう。わたしと付き合うなら、他のガールフレンドとは別れてもらうけど」

「それは、無理ですよ」笑いながら、杉本君は言う。

「じゃあ、付き合えない」

　本命になれるとしても付き合う気はないけれど、真剣に返したら、もっと笑われる。

振り切るために厨房に入るが、杉本君はついてくる。厨房の奥まで行き、冷蔵庫の前に並んで立つ。

「とりあえず、ガールフレンドのひとりっていうことで、どうですか？」

「ガールフレンド、何人いるの？」

「そんなにいませんよ。日本に三人、ロスにひとりです」

結婚願望もなくて、恋愛しない若者が増えていると言われている。四人もガールフレンドがいるのは、肉食系のように見えて、そういうことと変わらないように思う。誰とも真剣に付き合う気はなくて、本気になることを避けている。

「アルバイトの子には、手を出さないでね」

「そこら辺は、ちゃんとしてますから心配しないでください」

「本当かなあ？」

飲食業界は、社員とアルバイトで付き合うことがとても多い。店長の奥さんだって、元アルバイトだ。しかし、男性社員と女性アルバイトの組み合わせばかりで、女性社員と男性アルバイトという話はあまり聞かない。二十代後半の女性社員とまだ十代で大学生の男性アルバイトが付き合っているという噂を同期から聞いた時には、思わず叫んだ。逆ならば大した噂にならなかったし、そこまで驚かなかった。

「理性で相手を選べるんで、問題あるところに手は出しません」杉本君が言う。

「恋愛っていうのは、本能的なものなんだよ」

「そんなの、十代のうちの話ですよ。大人なんだから、衝動に任せず、条件で相手を選ぶようにした方がいい。その方が余計なトラブルが起きなくて、効率がいい」

　恋愛観も、人それぞれだ。

　杉本君の考えは、ストロボのマスターとは真逆という感じがする。

「十代のころは、本能で人を好きになってたの？」

「そうですよ。ロスでの日々のこと、話しましょうか？」

「いや、いいや」

　なんか、金髪美女とのエグい話が出てきそうだ。

「とりあえず、一度やってみるというのは、どうでしょうか？」

「あのさあ……」

　厨房には、アルバイトの子たちがいるのだから、そういうことを平然と言うなと訴えても、無駄だろう。

　杉本君がどういう環境で育ってきて、どういう考えを持っているのかちゃんと聞くべきだとは思っても、セックスする必要はどこにもない。一度やってみたらわかることはあるのかもしれないが、仕事とは関係のないことだ。

「ガールフレンドのうちのひとりとは、別れてもいいですよ」

「わたし、そういう人とは付き合わないから」

「そういう人？」杉本君は、首をかしげる。

「ガールフレンドがいるような人」

「じゃあ、どういう人と付き合うんですか？」

「……どういう人」

　羽鳥先生の顔が頭の中に浮かんだが、違う。

話せるのは楽しいし、また相談に乗ってもらいたいと思う。みっちゃんに紹介したくないとも思った。でも、それがつまり、わたしが羽鳥先生を好きだということではない。恋として好きなのではなくて、仲良くなりたいだけだ。女の子の友達に対しても仲良くなりたいと感じることはあるから、恋愛感情ではない。けれど、それならば、みっちゃんに紹介してもいい。羽鳥先生とみっちゃんが結婚したら、わたしにとっても好都合だ。二人を頼って、生きていける。理性ではそう考えられるのに、本能がそれは嫌だと叫んでいる。これが、恋なのだろうか。だが、こういう風に冷静に考えている時点で、違うという気もする。

　もっとはっきりと「好きだ！」と感じられることが、恋なんじゃないかと思う。

　わたしは、理性よりも、本能で恋愛がしたい。

「メイちゃん、杉本」店長が厨房に入ってくる。「遊んでないで、働けよ」

「すみません」わたしと杉本君は、声を揃える。

「杉本はホールでドリンクの補充。メイちゃんは、休憩入って」

「はい」

返事をして、杉本君はホールに出ていく。

「店長、恋ってなんでしょう？」

「何、言ってんの？」驚いた顔で、店長はわたしを見る。

「店長は、奥さんのどこが好きで、アルバイトでも手を出しちゃおうと思ったんですか？」

「そういうことは、仕事の後で話そう」

「わたし、休憩中なんで」

「俺は、仕事中だよ」

「そうですね」

「杉本にからかわれて、おかしくなったか？」

「はい」

「今は、からかってきた杉本の優しさの方を考えろ」店長は、ホールに戻っていく。

気まずさを解消するために、杉本君はからかってきたんだ。

ああやって話しかけてくれたおかげで、これからは前と同じように話せる。アルバイトの子たちも、前に戻ったと感じてくれただろう。言っていることはセクハラでしかなかったが、彼なりに気を遣ってくれた。

店長に言われなかったら、気がつけなかった。

仕事が終わってストロボに行こうとしていたら、予備校の少し先にある花屋の前に、マスターがいた。

「マスター」横に立ち、声をかける。

「ああ、メイちゃん。どうしたの？」少しだけ驚いた表情をしたけれど、すぐにいつものおだやかな顔に戻る。

「ストロボに行こうと思って」

「そっか。今日は、休みなんだ」

「定休日では、ないですよね？」

「休みたくなっちゃったから、臨時休業」声は、いつも以上におだやかだ。

奥から店員さんが出てきて、マスターに花束を渡す。小さな花束で、赤やピンクのかわいい花が詰まっている。マスターは確認するように花束を見てから、代金を払う。

「店に行くけど、来る？　一杯、奢るよ」

「はい」

並んで歩き、ストロボの方へ行く。

「花束、誰にあげるんですか？」わたしから聞く。

「妻に。時々、買っていくんだ」

「……そうですか」

マスターは立ち止まり、わたしの顔を見た後で、また歩き出す。

「知ってるんだね？」

「はい」

「みっちゃんや大ちゃんは知らないだろうから、鯨岡君に聞いたのかな？」

「はい」

「十年前にね。ガンだった。わかった時には、もう手遅れで、余命三ヵ月と宣告された」

「うちの母もガンで亡くなりました」

「そうか」

夜になっても、この辺りはお店が多くて、明るい。それなのに、マスターとわたしの周りだけ、暗くなっていくのを感じた。

「妻は、花が好きだったんだ。僕は仕事ばかりしていて、いつも帰りが遅かったのだけれど、花や他の植物が飾られた部屋に帰ると、安心した。うちは子供ができなかったから、花や植物を育てることで、妻は寂しさを紛らわしていたのかもしれない」

「お子さん、できなかったんですか？」

「お互い二十六歳の時に結婚して、断続的だったけど、四十歳になるまで不妊治療をつづけた。何をしても、駄目だった」

「そうですか」

三十五歳にもなって、「子供欲しいから結婚したい」とか「結婚したいとも子供欲しいとも思えない」とか話しているのは、のんきでしかない。マスターはいつも、どんな気持ちで、わたしとみっちゃんの会話を聞いていたのだろう。

「仕事を優先させないで、僕ももっと必死になるべきだった。お金を稼いで、広い家に住んで、いい車に乗ることが幸せだと思いこんでいた。今思うとバカみたいだけれど、そういう時代だったんだよ。間違っていたと気がついたのは、妻が亡くなって半年くらい経ったころだ。それで会社を辞めて、前のマスターからストロボを受け継いだ」

「そうだったんですね」

「ごめんな。変な話をして」

「いいです。気にしないで、なんでも話してください」

マスターはいつもお客さんの話を聞くばかりで、自分の話は胸の奥底に隠している。奥さんの命日が近づき、隠しているものが溢《あふ》れ出てきたから、臨時休業にしたのだろう。

来て良かった。

ひとりにしたら、マスターは死の気配に包まれ、夜の底へ沈んでいってしまう。

母のことを思い出し、わたしも一緒に沈んでいきそうになるが、駅前にある予備校のビルを見上げたら、大丈夫という気がした。ビルの中では今ごろ、羽鳥先生が今日最後の授業をやっている。そこにいると思うと、安心できた。何があっても、羽鳥先生に話せば、救ってもらえる。

やっぱり、わたしは、羽鳥先生が好きなのだろうか。

「今更、花を買っても、遅いんだけどね」

「そんなことはないと思います」

死んで十年経っても想いつづけられるほど強い愛情ならば、生きていた時の奥さんにも伝わっていただろう。

他の人のことだったら、そう信じられる。

それなのに、どうしてわたしは、父と母がわたしを愛してくれていたと、信じられなくなってしまったのだろう。

ストロボの入っているビルの前に着き、エレベーターで四階に上がる。

扉には、臨時休業と書いた紙が貼ってあった。

鍵をあけ、マスターは店の中に入り、わたしも入る。

「何、飲む?」マスターはカウンターに入って、買ってきたばかりの花をグラスに生ける。

「赤ワインにします」カウンター席に座る。

早い時間に来ると、他にお客さんがいないことはたまにある。わたしとマスター以外に誰もいないのは同じでも、その時とは、雰囲気が違うように感じた。店全体が眠っている。落ち着かなくて、見慣れているはずの店内を見回してしまう。

マスターは、赤ワインをグラスに注ぎ、わたしの前に出す。自分の分も、グラスに注ぐ。

「乾杯」軽くグラスを上げ、マスターが言う。

「いただきます」

「メイちゃんは、今の仕事をつづけるの？」店に入ったからか、声もいつも通りに戻る。

自分のことや奥さんのことを話してくれることは、もうないだろう。

「しばらくは、つづけようと思います」

「自分の店を持ちたいとか思わない？」

「入社したころは、思ってました。その時付き合っていた彼氏と一緒にカフェをオープンするのが夢だったんです」

「別れたら、その夢もなくなっちゃった？」

「今でもたまに思いますけど、個人経営は、わたしには無理じゃないかと思って」

「それは、やってみないとわからないよ」

「そうなんですけど……」

やってみて、失敗するのが怖い。そういう人は経営者になれないだろう。

「メイちゃん、この店、あげようか？」

「えっ？」

「すぐにというわけじゃないけど、店を閉めようと思ってる。閉めるならば、信頼できる次の経営者を探してほしいって、ビルのオーナーから言われている」

「わたし、信頼できますか？」

「できるよ」わたしの目を見て、マスターは言う。

「でも、わたしにバーの経営はできませんよ」

「改装して、カフェにしてもいい」

　ここでカフェを開けたら、みっちゃんや大ちゃんが来てくれるし、鯨岡さんも来てくれる。友達が来るだけでは経営していけないけれど、三人とも知り合いが多くて、集客力がある。予備校から近いし、羽鳥先生もきっと来てくれる。そしたら、予備校の先生たちや生徒にも宣伝してもらえる。

　それよりも何よりも、これくらいの広さの店がいい、と考えていたばかりだ。

　店内を見回すと、一気に夢が広がっていく。

　さっきまで眠っていた店が目覚め、輝いていくように思えた。

　でも、怖い。

　失敗したら、マスターの信頼を裏切ることになる。

「考えておいて」

「はい」

店長試験に受かったばかりだし会社を辞めるべきではないという理性と、自分の店を持ちたいという本能が、わたしの胸の中で闘っている。

どちらを勝たせればいいのだろう。

仕事を終えて更衣室に入り、スマホを見たら、ＬＩＮＥの「知り合いかも？」の欄に、父の名前が表示されていた。

「新しい友だち」に追加するかどうか、選ばなくてはいけない。

知り合いは知り合いだけれど、「新しい友だち」ではない。

関係性を適切に言い表すならば、「古い家族」ということになる。戸籍上は、今も家族のままだ。けれど、一緒に暮らしていないし、何年も会っていないので、「家族」とは言えない気がする。

こちらに表示されているということは、向こうのスマホにもわたしのアカウントが表示されている。そもそも、自分の電話番号やアドレスは変えたくせに、父はわたしの連絡先を残していたということだ。こういうことが起こる可能性を一度も考えなかったわけではないけれど、ＬＩＮＥを使いはじめて何年も経っているため、忘れていた。

十二年半くらい音信不通だった父から、気軽な感じでメッセージやスタンプを送られてきても、困る。それ以上に、何か送られてこないか期待しながら暮らしたくない。

わたしはずっと、父から連絡が来るのを待っていた。

母が入院した時も、母が亡くなった時も、フウちゃんと別れた時も、父にそばにいてもらいたかった。父が愛人と別れ、母とわたしのところに戻ってきてくれたら許そう、と決めていた。でも、父からは一度も、連絡はなかった。

三十歳を過ぎてやっと、諦めた方がいいと考えられるようになった。

自分に家族はいなくて、ひとりで生きていくか、誰かと結婚するかしかない。どれだけ望んでも過去には戻れないし、父と二人で暮らせるようにもならない。

それなのに、ＬＩＮＥに「知り合いかも？」と聞かれても、どうしたらいいのだろう。

父のアイコンは、わたしが小学生のころに好きだったアニメに出ていた男の子のキャラクターだ。主人公が恋をする相手で、わたしも彼が好きだった。「お父さんよりこの人が好き」と言ったら、父は寂しそうにしていた。

なぜ、父はこのキャラクターをアイコンに選んだのだろう。

わたしへのアピールなのか、あの時の愛人か別の人との間に子供が生まれて、その子もこのキャラクターが好きなのか、何も考えていないのか、他に理由があるのか、全くわからない。

戸籍謄本《とうほん》だかなんだかを見れば、父が再婚しているのかどうか、調べられるはずだ。再婚していて子供がいるならば、「あのアニメをCSとかで見たんだ。このアイコンとわたしは関係ないんだ」と、思うことができる。二十歳以上離れた妹か弟がいるなんて考えたくもないけれど、そういうこともあるだろう。

だが、それは今は問題ではない。

まずは、父を「新しい友だち」に追加するかどうか、決めるべきだ。

追加したくはないが、ブロックするというのも、違う気がする。

父がひとりになって、介護してくれる人が誰もいないみたいなことがない限り、わたしに連絡がくることは、今後もないと思う。死んだとしても、誰も知らせてこないだろう。今まで、父と連絡を取らないといけないという状況になったことはない。わたしが病気して、手術のために身元保証人が必要になる場合を考えたこともあったけれど、それも今は「絶対に親族の誰か」ということではなくなっているようだ。親族ではないと駄目だと言われたとしても、母方の親戚に頼めばいい。結婚して、父にとっての孫が生まれたとしても、連絡しようとは思えなかった。

迷いながらスマホを見つめていたら、みっちゃんから〈ちょっと遅れる〉と、送られてきた。わたしも、〈五分くらい遅れそう〉と、送る。大ちゃんから、怒っているうさぎのスタンプが送られてくる。

今日は大ちゃんの結婚祝いで、ちょっといいお店にごはんを食べにいく。

そのために、時間通りに上がったのに、「知り合いかも？」のせいで、時間を取られてしまった。

とりあえず、見なかったことにして、保留にしよう。

今日の夜中か明日の朝のわたしに、判断を任せる。

「メイさん」

裏口から出るために厨房に入ったところで、杉本君に呼び止められた。

最近、杉本君は、アルバイトの子たちと同じように、わたしを「メイさん」と呼ぶようになった。彼の発音するメイは、五月の「Ｍａｙ」だ。初めて呼ばれた時には、バカにしているのかと疑ってしまったが、そういうことではないようだ。

「何？」

「……デートですか？」杉本君は、上から下までわたしを見る。

「違います」

ちょっといいお店に行くために、ちょっといい服を着ている。でも、女子会に行く時と同じ程度の格好だ。ニットはまあまあいいお店で買ったけれど、パンツはファストファッションのもので、靴は去年買ったヒールの高いパンプスをシューズボックスの奥から引っ張りだしてきた。

「男と会うんじゃないんですか？」

「違うよ」

「本当ですか？」疑っているような目で、わたしを見る。

「男と会うとしても、言わないし」

「そうですか。男と会うんだ」

「しつこいなあ」

大ちゃんだって男なんだから、男と会うと言ってしまっても嘘ではない。でも、そんなことをしたら、明日にはバイト全員にわたしに彼氏ができたということで、噂が回っている。

「そのために、明日、遅番にしたんですか？」

「違います」

「どうだったのか、明日、教えてくださいね」

「何が？」

「久しぶりのデートが」

「あのさ、杉本君、あなたがわたしに対してやっていることは、セクハラだからね」

「そうなんですか？」驚いた顔をする。

「訴訟大国のアメリカで育ったんだから、ハラスメントにはもっと敏感なんじゃないの？」

「うーん、ハラスメントっていうのは、相手が不快感を覚えたら問題になるんですよね？　僕と話していて、メイさんが嫌な思いをしていないならば、ハラスメントにはなりません。同じことを言っても、店長だと許されなくて、僕ならば許される」

「許されないから。充分に不快感を覚えてます」

「ええっ！　本当ですか？」

「本当です」

杉本君にセクハラでしかないようなことを言われても、前ほど、嫌だとは感じない。かわいい後輩と思えるようになってきている。並んで立っていて、怖いと感じることもなくなった。彼が歩み寄ってくれたことで、わたしも歩み寄ろうと思えた。本来ならば、先輩であるわたしから歩み寄るべきだった。

「何か話があるから、呼び止めたんじゃないの？」わたしから聞く。

「ああ、そうでした。ランチのサラダ用のドレッシングって、発注してありますか？」

「今日頼んだので、明日には届きます。午前中に届く予定だけれど、もしランチの仕込みに間に合わなかったら、グリーンサラダ用のドレッシングを代用してください」

「わかりました。ありがとうございます」

マニュアルも憶え、杉本君は新入社員用のOJTを無事に終えた。効率が悪いとか言わなくなり、ちゃんと働いている。もともと頭の回転は速いし、記憶力もいい。かっこ良くて愛想がいいから、若い女性のお客さんだけではなくて、年配のお客さんにも人気がある。すぐに副店長になれるだろうし、店長にもなれる。本社勤務になって、新しいタイプのお店を考えたり、海外展開の企画を出したりするのも合っていると思う。それでも、何年か働いたら辞めるという意思は、変わらないようだ。もったいないと感じるが、うちの会社では、彼のスケールに合わないという気もする。

「他は、大丈夫？」

わたしが聞くと、杉本君は不安そうな顔をして、厨房の中を見回す。

今日は店長が本社に行っているので、わたしが帰った後、社員は杉本君だけになる。店長とわたしで相談して、杉本君とアルバイトの子たちにクローズ作業を任せて大丈夫と決めたのだけれど、本人はまだ自信がないようだ。自信満々に見せかけて、弱い部分を隠してしまう子だ。わからないことを聞きやすいように、わたしと店長で環境を作ってあげなくてはいけない。

「大丈夫だと思います」そう言いながらも、不安そうなままだ。

「何かあったら、わたしか店長に電話して」

「デート中の人に電話するのは悪いんで、店長に聞きます」

「デートじゃないから」

「僕には、本当のこと言っていいんですよ」

「セクハラで、コンプライアンス部に訴えるよ」

「もう言いません」反省したような顔になり、小さく頭を下げる。

表情がよく変わるようになったのは、わたしに対する警戒心がとけた証拠だろう。

「じゃあ、お先に失礼します。気にしないで、電話してね」

「お疲れさまです」笑顔で、手を振る。

先輩に手を振ってはいけないと思ったけれど、かわいいから許そう。

わたしも、杉本君の笑顔に籠絡されるようになってしまった。

大ちゃんのお祝いなのに、お店は大ちゃんに予約してもらった。

路地裏にあるカジュアルフレンチのお店だ。一軒家を改装したお店だから広くはないが、余裕を持ってテーブルが配置されている。コース料理だけで、予約のお客さん以外は受けつけていないようだ。もっと回転を良くしなくては、利益が出なくなってしまう。それでもいいから、お客さんがゆっくりと食事を楽しめて、自分たちも落ち着いて調理や接客ができることを優先しているのだろう。個人経営の店ならば、従業員が生活に困らないだけのお金を稼げればいい。それは、チェーン店にはない利点だ。チェーン店だとどうしても、より多くの売上げを求められる。でも、売上げが落ちた場合、チェーン店ならば他店舗と補塡《ほてん》し合ってどうにかなるけれど、個人経営だとどうにもならない。

「メイちゃん、どうしたの？」大ちゃんがパンを食べながら言う。

　料理が運ばれてくるのを待つ間、大ちゃんはずっとパンを食べている。わたしとみっちゃんの分まで食べて、おかわりをもらっていた。パンも店で焼いているようだ。おかわり自由だからって、バカみたいに食べられると、採算が合わなくなる。

「この店の売上げについて、考えてた」

「なんで？」みっちゃんは、ワインに手を伸ばす。

　ちょっと引くぐらいに値段の高い赤ワインで、大ちゃんがボトルで頼んだ。お客さんの多くは大ちゃんのようにお金を持っている人で、高いワインを飲んでもらうことにより、意外と儲けているのかもしれない。ネットや酒屋で買っても、高いには高いものだが、もう少し安く買える。

「独立すんの？」新しいパンを取り、大ちゃんはたっぷりとバターを塗る。

「そんなに塗ると、また太るよ」大ちゃんを見て、みっちゃんが言う。「これ以上太ったら、奥さんに捨てられちゃうよ」

「いいバターだから大丈夫だよ。それに、俺の小太りなところが好きなんだって。クマさんみたいって言ってた。小熊ちゃんっていう感じ」

「早く死ねって思われてんじゃないの？」

「うちの妻がそんなこと思うはずないじゃん。普段は、一緒にスムージー飲んだりしてるから」

「うちの妻ねえ」みっちゃんが笑い、わたしも笑ってしまう。

「なんだよ？」

「どうしてもまだ大ちゃんが結婚したって、信じられないんだよね」

「うん、妻に会わせてもらってないし」

「来月のパーティーで紹介するよ」指輪を見せびらかすように、大ちゃんは左手を出す。

「それより、メイちゃん、独立するの？　それだったら、相談に乗るよ。協力できることは、なんでもやるし」

　こうして話していると、高校生のころに戻ったような感じで、すっかり忘れてしまうが、大ちゃんは専務だ。友達と一緒にゼロから会社を起こしたのであり、経営のことも詳しい。飲食店のスキルは自分が持っているし、経営に関しては大ちゃんに頼れて、宣伝のことはみっちゃんに頼れる。

「うーん、独立ってほどのことじゃないよ」ワインを一口飲む。「ストロボのマスターから、店を継がないかって言われてて」

「独立じゃん」

「そうなんだけど、そんなに大きな話にしたくないというか。もうちょっと気軽な感じで、店ができればいいなと思っていて」

「駄目だよ。気軽とか言ってたら、経営は成り立たないよ」

「でも、経営を重視するんじゃなくて、店としてのクオリティを重視したいから」

「クオリティを重視するなら、余計に経営は大事だよ。お金がなくてもやりたいことができれば幸せなんていうのは、理想論でしかない。本当にやりたいことのためには、どうしたってお金がかかる。この店だって、クオリティのために、相当の額をかけている」

「そうだよね」

　わたしたちが座っている椅子も、テーブルも、安いものではない。ワイングラス一つ、フォーク一本、全てこだわって集められたものだろう。窓側の二人席はカップル向け、奥の四人掛けのテーブルはわたしたちのような友達同士のグループ向け、一段上がった先にある半個室は家族連れ向け、あらゆるタイプのお客さんに対応できるようになっている。それでもバラバラな印象にはならず、居心地の良い空間になるように、内装にもこだわっている。奥の席でも、間接照明のおかげか、端っこの席という印象にはならない。

　お金がなければ、食材やワインも、クオリティを下げることになる。

「っていうかさ、ストロボを継ぐって何？」みっちゃんも、話に入ってくる。

「マスター、ストロボを閉めることを考えてるみたい。すぐにっていうわけじゃないけど」

ストロボを継ぐのかどうするのか、まだ返事はしていない。

「閉めた後に、メイが継ぐの？」

「バーをやるわけじゃないよ。改装して、カフェにしてもいいからって」

「うーん」考えこんでいる顔をして、みっちゃんはワインを飲む。「それは、やめた方がいいよ。メイがお店をやるのを反対するわけじゃないし、ストロボは場所としても悪くないと思う。四階っていうのは気になるけど、混むこともなくて、メイとバイトひとりで回せるくらいの店ができる。でも、やめた方がいい」

「なんで？」

「わたしに、ストロボは必要だから」

「まあ、そうだね」

みっちゃんにも、大ちゃんにも、他のお客さんにも、ストロボは必要だ。わたしにも、必要だ。仕事帰りにひとりで気軽に行けるようなバーは、なかなか見つからない。同じ場所で、わたしがカフェを開いても、代わりにはなれない。マスターには、まだまだストロボにいてもらいたい。

「違う場所でも、独立を考えてみたら？」大ちゃんが言う。

「でも、店長試験受かったんでしょ？」みっちゃんが言う。「それに、メイは経営者には向いてないよ」

「いつまでも、チェーン店で雇われ店長やっていくっていうわけには、いかないだろ？　これから先のことを考えたら独立して、自分が雇う立場になった方が楽だって」

「大ちゃん、自分の会社で、飲食店経営にも手を出そうとしてんじゃないの？　そのモデルケースにメイを使わないでね」

「レストラン関係のアプリは考えてるけど、店の経営っていうのはないな」

「アプリって？」

「飲食店を評価するサイトはたくさんあるし、これからは出前系かなあ。ケータリングっていうほどじゃなくて、もっと気軽に頼める感じ。今もそういうのはあるけど、都心部だけとか地域が限られてんだよ。でも、都心から少し離れた辺りの方がホームパーティーやママ友の集まりで、需要はあるんじゃないかって考えてる」

「出前っぽくない店に頼めるようになるといいよね」

　わたしの独立の話だったのに、大ちゃんのビジネスの話に変わっている。話を戻すほどのことではないから、放っておく。

　マスターには断って、自分でカフェを開くかどうするかは、また別で考えよう。すごく魅力的な話だし、逃してはいけないチャンスだという気もするけれど、強い意志を持てないままの状態ではマスターに悪い。

まずは店長になって、店の経営を改めて勉強させてもらってから、考えた方がいい。

メインの肉料理が運ばれてくる。

白い大きなお皿に、絵画のような色とりどりの野菜に囲まれて、牛フィレ肉のステーキとフォアグラがポンッと載っている。

高校生のころ、わたしとみっちゃんと大ちゃんとフウちゃんの四人で、よくファミレスに行った。セットで頼んでも千円しないハンバーグステーキが最高の贅沢だった。二十年近くかけて、遠いところまで来たものだと感じる。けれど、みっちゃんと大ちゃんといると今も、高校の校舎を囲んでいた森の中にいるように感じる。窓の外では風が吹き、木がざわめいているんじゃないかという気がしてくる。

「フウちゃんも、誘えば良かったね」

わたしがそう言うと、みっちゃんと大ちゃんはステーキとフォアグラを一緒に食べようとしていた手を止める。

「どうしたの？」みっちゃんが言う。

「だって、高校生の時は四人でいるのが普通だったじゃん。大学生になっても、社会人になっても、四人で会ってた。大ちゃんのお祝いなんだから、フウちゃんがいても良かったんじゃないかなって思ったの」

別れたことで、四人の中から、わたしがフウちゃんを追い出してしまった。フウちゃんは、「メイとは、友達でいたい」と、言ってくれていた。それをわたしが断り、二度と会わないと決めた。裏切られたとしか考えられなくて、フウちゃんを許せないと感じていた。十年間、フウちゃんは浮気もせず、わたしのことを大切にしてくれた。別れを決めた原因はわたしにもあったはずなのに、フウちゃんだけが悪いと思いつづけた。

正方形のテーブルで、四辺にひとりずつ座れる。わたしの正面に大ちゃんが座り、左隣にみっちゃんが座っている。あいている右隣には、フウちゃんがいるべきだった。

「今度、風太に会ったら、言っておく」大ちゃんが言う。

「うん」

「好きな男でもできた？」心配そうな顔で、みっちゃんはわたしを見る。

「なんで？」

「やっとフウちゃんのことが過去になったんじゃないの？」

「そういうことなのかなあ」ステーキとフォアグラを一緒に食べる。

店を予約してくれた大ちゃんには悪いが、ファミレスのハンバーグの方がおいしかった気がする。

「誰かいるの？」

「うーん」

確かに、最近はフウちゃんのことをあまり思い出さなくなっている。十年付き合った恋人というよりも、学生のころの友達という存在になった。今までずっとフウちゃんがいたところに、羽鳥先生が入ってきているからだろう。

　でも、羽鳥先生のことが好きなのかどうなのかは、未だにわからない。店で少し話すぐらいで、進展するとも思えなかった。たとえ進展しないとしても、気持ちが動いているのはいいことだ。前にみっちゃんが言っていたリハビリという感じで、気軽に考えればいい。

　みっちゃんや大ちゃんに話したい気持ちはあるけれど、話さない方がいい。気になる人がいる程度のことは、中学生や高校生じゃないんだから、友達に話したりはしない。そして、みっちゃんに言ったら、どういう人？　ごはんに誘いなよ、今すぐ電話しなよ、としつこく言われる。入籍するまで、彼女を隠しつづけた大ちゃんの気持ちは、よくわかる。

「そういえばさ」わたしが何も言わずにいたら、大ちゃんが話題を変える。「メイちゃんのお父さんがＬＩＮＥに、知り合いかも？　って、出てきたよ」

「ああ、わたしのところにも出てきた」みっちゃんは、バッグからスマホを出す。

「……えっ？」

「高校生のころから電話番号変わってないから。おじさん、アドレス帳に残しておいてくれたんだね」

「そうだろうねえ」気が抜けた喋り方になってしまう。

恥ずかしいのか怒りたいのか、どちらかわからない感情がわいてくる。

大学生のころ、父は休みの日に、フウちゃんと大ちゃんを連れて釣りに行っていた。わたしに彼氏がいることを知った時には泣いたくせに、息子ができたようだと言い、フウちゃんをかわいがった。その時に、大ちゃんとも連絡先を教え合ったということは聞いていた。わたしの帰りが伝えたよりも遅くなったりした時のために、みっちゃんの連絡先を父と母には教えておいた。ＬＩＮＥのアカウントを作る前にアドレス帳を整理するということは、考えなかったのだろう。わたしがそばにいれば、父に教えられた。

もしかしたら、今は、ひとりでいるのかもしれない。

「とりあえず、友だちに追加しておいた」大ちゃんが言い、みっちゃんもうなずく。

「ええっ！　ブロックしてよ」

「なんで？」みっちゃんが言う。

「だって、おかしいじゃん。知らないおじさんとＬＩＮＥでやり取りしないでしょ」

「知らないおじさんじゃないから。俺、おじさんと遊ぶのおもしろかったもん。うちの親、釣りなんて、連れていってくれなかったから」

「わたしも、メイのお父さん、好きだった。優しかったし、お菓子くれたし、一緒にゲームやってくれたし」

「……ゲームって、どこの子供の話？」

「子供みたいになって一緒に遊んでくれるところが、好きだったんだよ。うちのお父さんは、仕事ばっかりで、ほとんど家にいなかったもん」

「ああ、そう」

今日は大ちゃんのお祝いだから楽しい雰囲気を壊してはいけないのに、嫌な気持ちになってきてしまう。

わたしが子供っぽいのは、父を見て育ったからなのかもしれない。

父はいつも本気になって、わたしと遊び、わたしの友達とも遊んでいた。休みの日には、海や山に連れていってくれた。仕事はあまり好きじゃなくて、わたしたちと遊ぶことを楽しみにしていた。子供のころのことを思い出すと、わたしの隣にはいつも、笑顔の父がいる。家を出ていく日まで、いつも笑って、わたしを見守ってくれていた。

けれど、その姿は、嘘だった。

その笑顔の裏に、愛人の存在を隠していた。

愛人の前で、父はどんな顔をしていたのだろう。

両親が二十歳の時に、わたしは産まれた。母は高卒で会社勤めをしていたけれど、父は学生だった。でも、結婚することに、少しも迷いはなかった。二人は、高校の同級生だったのだが、付き合いはじめたのは卒業してからだ。付き合ってすぐに、父はこの人と結婚すると決めたらしい。大学に通いつつ父は働き、生活費を稼いだ。親戚にも、お金を借りた。できちゃった結婚と借金のことがあり、母の方の家族はもともと父を良く思っていなかったようだ。母の告別式でも三回忌でも、伯父はその時のことを話し、怒っていた。

　家を出ていった時、父は四十二歳だった。愛人と付き合い出したのは、それよりも十年前だから、三十二歳の時だ。今のわたしとそれほど変わらないと考えると、よくあることのように感じる。二十代で結婚した男友達の何人かは、不倫している。自分がもてるとでも言いたいのか、自慢するように愛人の存在を喋り、奥さんには女を感じないと言ったりする。父も、同じようなことを話していたのだろうか。

　笑顔が嘘だったとしても、父が子供っぽい人だったのは確かだと思う。深くものを考えられない人だった。だから、まだ学生のうちに、わたしができちゃったのだろう。わたしを「命より大事」と言っていたのは、子供が犬や猫をかわいがるぐらいの気持ちだったように思える。けれど、そんな人が十年間、愛人の存在を隠しつづけたのは、母とわたしへの愛情だったのかもしれない。

「メイのＬＩＮＥにも、出てるんじゃないの？」みっちゃんは、バッグにスマホを戻す。

「……出てる」

「連絡してみれば」

「絶対に嫌」

「なんで？」

「おばさん、おじさんのことを許してたんだと思うよ」

「そういうことじゃない」

「どういうこと？」

「お父さんに会いたくても会えないままで、お母さんはお父さんのことをさがしながら死んでいったのに、わたしが会ったらいけない気がする」

　わたし自身が父と会いたくないと思っている。それだけではなくて、母の気持ちを考えると、どうするべきかわからなくなった。母が父のことをどう思っていたのか、最後まで聞けなかった。

「それは、大丈夫だよ。だって、わたし、おばさんのお見舞いに行った時に、言われたもん。メイとお父さんが会えるようにしてあげてほしいって」

「俺も言われた」大ちゃんが言う。「おばさんはずっと、メイちゃんとおじさんのこと、心配してた」

「お母さんは、お父さんが心配だっただけだよ。わたしより、お父さんが心配だったんだよ」

「そんなことないよ」みっちゃんは、わたしの手を握る。「おばさん、わたしがお見舞いに行くと、ずっとメイのことを話してた。メイのことをお願いって、何度も言われた。あの子をひとりにしないでほしいって言ってた」

「わたし、聞いてないから」

「メイに心配かけたくなかったんだよ」

「だったら、もっと早く病院に行ってほしかった。治療だって、もっとがんばって、生きていてほしかった」

「そのことも、おばさん、すごく後悔してた。病気だって気がついても、メイに言えなかったんだって。あのころ、メイは働きはじめたばかりで、夜遅くなることもあったし、フウちゃんとも会えなくなって、すごく忙しかったでしょ。家計のことでもメイに負担をかけてしまったんじゃないかって考えて、おばさんは病院には行かずに働きつづけることを選んだ。そうすることがメイのためって思ったけど、間違ってたって」

「そんなの嘘だよ。だって、お母さんは、おじいちゃんとおばあちゃんを亡くして、ガンがどういう病気かわかってたんだから」

「わかってたから、おばさんも怖かったんじゃない？」

「……うん」

　乳がんだとわかり、転移も見つかり、母が最初の入院をしたのは、四十五歳の時だった。あと十年が経ち、四十五歳になった時、胸にしこりがあると気がついたら、わたしは耐えられないだろう。毎年必ずガン検診に行き、知識があっても、大丈夫とは思えない。その時、自分に娘がいたら、どんな判断をするのか、わたしには考えられなかった。子供に対する愛情は、想像もできない。母は、治療が長引けば、わたしに負担がかかると考えた。祖父も祖母も、十年近い長い闘病の末に亡くなった。祖父の入院と祖母の通院が重なり、毎日のように病院へ行かなければならなかった時も、母は家のことをちゃんとやってくれた。闘病が長引けば、家族がどれだけ大変な思いをするのか、母は知っていた。だから母は、わたしのためだと考え、死を選んだ。

それは間違いだったと、死を目前にして気がつき、みっちゃんに話した。もっと早くに検診に行っていれば、そこまでならずに済んだ。だが、父が出ていった後の母は、何もできない状態がつづいていた。わたしの前では、前と同じようにお母さんのままでいてくれたけれど、外へ出たり、人と会ったりすることを避けるようになった。近所の人たちに、わたしや父のことを言われるのが耐えられなかったのだと思う。母自身が傷つくことではなくて、わたしや父を傷つけられることが耐えられなかった。父が出ていってから一年と少しが経ち、引っ越しをして、母と娘二人での生活がやっと始まり、母はわたしを産んでから二十年以上ぶりに働きに出ることになった。そのすぐ後ぐらいには、ガンであることに気がついていたのかもしれない。

意識を失う寸前まで、母が父をさがしつづけたのは、わたしのためでもあったのだろう。

わたしがひとりにならないことを望んでくれていて、父にそれを伝えたかったんじゃないかと思う。よくわからないと言って手続きに行かなかったわたしに強制せず、戸籍上はわたしを父の長女のままでいいとしたのも、そういう時のためだったように思えてくる。

同じように考えたことは、何度もある。

でも、全ては想像でしかなくて、真実はわからない。

どう思っていたのか、みっちゃんにではなくて、わたしに話してほしかった。

どれだけ大変になってもいいから、母には一日でも、長く生きてほしかった。

「おじさんに、連絡してみようよ」みっちゃんが言う。

「嫌」

「なんで？」

「……だって」

もしも父と会えて、一緒に住めるようになったとしても、子供のころと同じようには暮らせない。

父がひとりではなくて、女の人と一緒だったら、会うだけ無駄になる。

子供のころと同じように愛してもらえないならば、憎みつづけた方がずっと楽だ。

愛されていたと考える方が辛いから、父も母もわたしを愛していなかったと思うことにした。わたしも両親を愛していなくて、両親もわたしを愛していなければ、何も求めずに生きていける。

わたしは、結婚したいとも思わないし、子供が欲しいとも思わない。

でも、家族が欲しい。

ずっと一緒にいてくれて、わたしのことを「命より大事」と言ってくれる誰かを、わたしも「命より大事」と思いながら、暮らしていきたい。

「ごめん。お手洗いに行ってくる」みっちゃんの手をはなし、わたしは立ち上がる。

その瞬間、一気に血の気が引く感じがして、めまいがした。

立っていられなくなり、そのまま倒れた。

みっちゃんの手が支えてくれたのを感じたところで、意識は途切れた。


夢を見た。

みっちゃんに引きずられるようにして入ったコンビニで、羽鳥先生と会った。コンビニの蛍光灯は明るすぎて、みっちゃんの顔も羽鳥先生の顔も、よく見えなかった。羽鳥先生とみっちゃんを会わせたくなかったと思った。けれど、「お店のお客さん」と羽鳥先生を紹介して、「高校生のころからの友達です」とみっちゃんを紹介した。二人とも、困っているような顔で、笑っていた。

わたしは羽鳥先生に手を振りながら、みっちゃんに引きずられて、外へ出た。

満月が出ているのに、星もたくさん見えた。

遠くから、森の木々のにおいがした。

全ては夢で、どうでもいいことだ。


昨日はどうやって帰ってきたのか、全く思い出せない。

朝起きたら、ちゃんとアパートのベッドで眠っていた。

シャワーを浴びる時間を計算して、いつもより早めにアラームをセットしてあったので、眠る前まで意識がはっきりしていたんじゃないかと思う。だが、思い出せるのは、レストランで倒れたところまでだ。


ワインは二杯ぐらいしか飲んでいないから、酔っ払って倒れたわけではない。二日酔いでもなくて、起きた時には、いつもより調子がいいと感じた。アラームが鳴るより前に目が覚めたから、お風呂にお湯をはって浸かり、お化粧もして、十四時になる少し前に出勤した。働いていても体調が悪いと感じることはなくて、休憩までの三時間を無事に終えた。


なぜ、倒れたのだろう。

休憩スペースで、賄《まかな》いのトマトリゾットを食べながら、考える。


起きてすぐにみっちゃんと大ちゃんに〈昨日は、ごめんね。わたし、どうやって帰った？〉と、ＬＩＮＥを送ったが、二人とも〈大丈夫だから、気にしないで〉という返信しかくれなかった。

　倒れたのなんて、高校三年生の時の体育以来だ。夏休みが終わったばかりでまだ暑かったのに、校庭でソフトボールをやることになり、みんなは日陰に入ってサボっていた。わたしは、マジメにライトを守っていて、熱中症で倒れた。あの時も、センターを守っていたみっちゃんが支えてくれた。次の授業も休んで保健室で眠っていたら、父と母が迎えにきてくれた。父は、わたしが倒れたと連絡を受けて、会社を早退したと言っていた。それ以外で倒れたことはないし、記憶が飛んだこともない。

　疲れていたところに父のことが重なって疲労が増したからだと思いたいが、どこか悪いのだろうか。

　ガンになる可能性は常に考えているけれど、今はまだやめてほしい。

　特に心配ないだろうという時には、検診に行こうと思える。しかし、どこか悪いのかもしれないと考えると、病院に行くのが怖くなる。しこりがあることに気がつきつつも、すぐには病院に行かなかった母の気持ちが少しだけわかった気がする。病院に行けば、決定的なことを言われてしまう。気のせいであることを願いつづけたのだろう。けれど、これもまた、想像でしかない。母が本当はどう考えていたのか、それはもう永遠にわからないことになってしまった。病気のことも父とのことも、母が生きているうちに、もっと話せばよかった。

わたしの人生、今病気になったら、後悔しかない。

残していく家族がいないのは気楽でいいけれど、寂しいことに思えてくる。

せめて、姉妹や兄弟がいて、姪《めい》や甥《おい》がいてほしかった。

腹違いの妹や弟がいるとしても、会うこともないだろうし、家族と感じるのは難しい。

多分、どこも悪くないと思うが、病院には行こう。

何かあるならば早くわかった方がいいし、何もないとわかれば安心して暮らせる。ひとりだからこそ、自分の身体には、気をつける必要がある。わたしが倒れても、迎えにきてくれる人はいない。

「メイさん」杉本君が休憩スペースに来る。

「何？」

「お客さんが来てます」

「お客さん？　業者が来る予定はないし、本社の人とか？」

「いや、えっと、男性です」ニヤニヤしながら言う。

「男性？」

「今日の午前中も来たんですけど、遅番だって伝えたので、戻ってきたみたいです」

「誰？」

「毎日来る人で、最近仲良くしてる人がいるじゃないですか？」

「……仲良くしてる人？」

「お客さんとできちゃうのはマズいと思っても、僕たちは見守ることにしてるんで、大丈夫ですよ。僕が付き合おうって言っても断ったのは、彼がいるからなんですね。昨日も、会ってたんですか？」

「ああっ！　できてないよ。会ってないよ。お客さんって、そういうことね。業者とかじゃなくて、お客さんね！」

杉本君が誰のことを言っているのか、やっと理解できた。冷静にしなくては何かあるみたいになるのに、思わず立ち上がっていた。

「待ってもらってますから、行ってください。話があるならば、休憩は少しくらいオーバーしても、大丈夫ですよ」

「そういうんじゃないよ。違うからね」

「何が違うんですか？」

「いや、えっと、とにかく、できちゃうとか、そういう関係ではないから。仲良くなんてしてないし」

「わかりました。話は、後で聞きます」

「話すことなんてないよ」

ホールに戻っていく杉本君の背中に向かって言う。

テーブルの横にかかっている鏡を見て、髪形をチェックして、崩れている化粧を直す。食べ終えたリゾットのお皿を片づけてから、ホールに出る。

ガラス扉を入ったところに、羽鳥先生が立っていた。

「昨日、大丈夫でしたか？」羽鳥先生が言う。

「……昨日？」

「コンビニで会った後、僕もアパートまで行けばよかったと思って。一緒にいたお友達が、もうひとりタクシーで待ってるし、運転手さんもいるから大丈夫とは言っていたんですけど」

「……コンビニ？」

血の気が引いていき、また倒れそうになる。

羽鳥先生とコンビニで会ったのは、夢ではなかったということだ。

台所にカラになったミネフルウォーターのペットボトルがあったけれど、そこで買ったものとは考えもしなかった。起きた時には、他の夢と同様に、ぼんやりとしか思い出せなくなっていた。しかし、あれは、現実だったんだ。

「ごめんなさい。あの、その、大丈夫です」

「そうですか、良かった」安心している笑顔で、羽鳥先生はわたしを見る。

杉本君とアルバイトの子たちはドリンクカウンターに並んで立ち、何か言いたそうに笑いながら、わたしと羽鳥先生を見ている。

「あの、外に出ましょう。ここだと、ちょっと」

「ああ、そうですね」

「少し待っててください。そこ、座っててください」

レジ前の席に、羽鳥先生に座ってもらい、わたしは厨房に戻る。

休憩スペースに置いたままの財布とスマホが入ったカバンを取り、ホールに出てから更衣室に行き、コートを取ってくる。

「休憩時間内で、戻ってきます」ドリンクカウンターに入り、杉本君に伝える。

「ご休憩ですか？」

「セクハラで訴えるよ」

「休憩を丁寧に言っただけなのに、酷《ひど》い」

泣き真似《まね》をする杉本君は放っておいて、羽鳥先生のところに行き、店から出る。

駅の方へ向かって、並んで歩く。

十一月に入ってから日に日に、陽が沈む時間が早くなり、六時前なのにもう暗い。

「昨日は、本当にすみませんでした」改めて謝る。

「いいんですよ。気にしないでください。僕は、コンビニで会っただけなんで」

「わたし、憶えていなくて」

「ああ、そうなんですね」

「記憶なくなることなんてないんですよ。倒れたのだって、昨日が初めてです」

「お友達のみっちゃんも、そう言ってました。こんな風に酔っ払ったことはないって」

「酔っ払っていたというか……」

「出てきちゃって、大丈夫だったんですか？」羽鳥先生は振り返って、キートスの方を見る。

わたしも、振り返る。

夜道の先で、キートスの灯《あか》りは、暖かそうに見える。

ガラス扉から出たところに、杉本君が立っていて、こちらを見ていた。何か言ってくるかと思ったけれど、黙って、店の中に戻る。

「大丈夫です。ちょうど休憩中だったんで」正面を向き、少しだけ上にある羽鳥先生の顔を見上げる。

「お茶でも、飲んでいきませんか？　そんなには、時間ないですか？」羽鳥先生も、わたしを見る。

「三十分くらいならば。今日、お仕事は？」

「お昼の授業だけだったので、もう終わりました」

「じゃあ、ちょっとお茶、飲みましょう。この先の喫茶店でいいですか？」

「はい」

角を曲がり、先にある小さな喫茶店に入る。

コーヒーと紅茶の他にはケーキが何種類かあるだけのお店だ。定年退職したご主人と奥さんが経営している。昼間は近所の奥さんたちが集まっているけれど、この時間はすいている。フウちゃんとカフェをやるならば、こういう感じにしたかったと思えるような、おだやかな雰囲気のお店だ。

窓側の二人掛けの席に座り、わたしは紅茶を頼んで、羽鳥先生はコーヒーを注文する。

「アイスティーじゃないんですね？」

「普段は、コーヒーの方が多いです」羽鳥先生は、コートを脱いでキレイにたたんでから膝の上に置く。

わたしは、コートの下は制服なので、着たままにする。

奥さんがコーヒーと紅茶を持ってきて、テーブルに並べる。

ご主人のいるカウンターに戻っていく後ろ姿を、わたしも羽鳥先生も、黙って見つめる。

「あの、昨日は、みっともないところをお見せしてしまって」わたしが言う。

「憶えてないんですよね？」

「そうなんですけど」

「みっともなくなんてなかったですよ。それよりも、具合悪そうだったので、心配でした。真っ青な顔で、みっちゃんを紹介してくれて、葛城さんの律義さを見た感じです」

「そうだったんですね」

詳しいことは、後でみっちゃんに聞こう。気にしないでと言われても、聞き出さなくてはいけない。

「羽鳥先生は、いつもちゃんとしていらっしゃるから」

「いつも？」

「毎朝、同じ時間にお店に来るじゃないですか。わたしなんて、友達と話して寝不足で出勤したり、酔っ払って真っ青になったり、本当に恥ずかしいです」

「僕は、ちゃんとしていないから、ちゃんとしているんです」

「どういうことですか？」

わたしが聞くと、羽鳥先生は視線を窓の外に向ける。何か考えているような表情をした後で、わたしを見る。

「生活が乱れることに耐えられないんです。体調を崩すのも、嫌なんです。風邪を引いても休めませんし、生徒にうつしたら大変ですからね」

飲食店なので、わたしも体調に気をつけているつもりだ。風邪を引いたり、お腹をこわしたりしないようにしている。でも、羽鳥先生は、もっと気をつけているのだろう。

「やっぱり、ちゃんとしているじゃないですか？」

「ちゃんとしているフリですよ。もちろん、今言ったように、生徒のためというのも嘘ではありません。でも、もっと他に、理由があるんです」

「理由？」

「大学を卒業した後、僕は数学の研究者になるつもりでいました。それで、大学院まで進んだんです。院を出たら、留学したいとも考えていました。でも、博士課程の途中で辞めてしまいました」

「何かあったんですか？」

「人生で初めて恋人ができたんです」

「えっ？」

「もうすぐ二十六歳になるという時ですから、遅いですよね」

「そんなことはないと思いますけど」

遅いと思ったが、人それぞれだ。自分はそう見られるのが嫌なのに、人に対しては思ってしまう。

「中学生の時も高校生の時も、大学生になってからも、勉強ばかりしていました。僕は、人付き合いが苦手で、運動も苦手で、できることが勉強の他になかったんです。理系も文系も、どの科目も偏差値は高かったです。中でも、数学は全国トップを取ったりしていました」

「すごいですね」

「すごくなんてないです」首を横に振る。「それ以外のことは、何もできないんですから。勉強にしか頼れなくて、数学の勉強をすることだけに幸福を感じました。院に進んでからもそれは変わらなくて、僕の人生はそれでいいと思っていました。彼女と会ったのは、博士の二年目で論文を書きつつ、留学先のことも考えはじめたころです」

「はい」

「彼女は、教授の秘書のような仕事をしていました。派遣会社から来ていて、僕と同い年でした。普通というか、よくいるタイプの女の子です。一年契約で、同じような女性が毎年来ます。それまでに来た人とは、ほとんど喋りませんでした。教授がシンポジウムに出た時に一緒に手伝いをしたことがきっかけで、彼女と初めて話しました。その後で、頻繁に向こうから話しかけてくるようになり、メールを送り合って、二人で会うようになりました。それが夏になる前くらいです。大学の夏休み中も、研究室に行って彼女と会い、付き合うことになりました。はしかというのは、大人になってからかかると大変と聞きますが、そういう感じでした。十代のうちに恋愛をしていなくて、免疫力《めんえきりょく》が全くなかった僕は、彼女に夢中になり、他は何も見えなくなってしまったんです。論文を書くために研究室に行っても、彼女と喋っているだけでした。アパートに彼女が来た後は、何も考えられずにしばらくぼうっとしていました」

「二十代ならば、そんなもんじゃないですか？」

「そうなんですかね。でも、問題はその後です」

「はい」

「ある日突然に、彼女はいなくなったんです」

「……行方不明？」

「そういうことではありません」わたしの言い方がおかしかったのか、羽鳥先生は少しだけ笑った。「彼女には、僕以外にも恋人がいました。夏の間、彼は仕事で遠い所へ行っていた。彼が東京に戻ってきたのと同時に、彼女は契約期間の途中だったのに、仕事を辞めたんです。結婚のためと教授には言ったみたいですが、僕に責められる前に逃げたんだと思います。それから、連絡がとれなくなりました。初めての失恋で、どうしていいかわからなくなった僕は、あと少しで提出できる状態だった論文を捨てて、大学院を辞めました。半年くらい何もできない日がつづいて、ずっとアパートにこもっていたんです。そうしていたら、学部生のころに一緒に塾で講師のアルバイトをしていた先輩から、予備校の講師にならないかと誘われました。アパートの家賃や生活費も必要で、いつまでも何もしないままではいられません。最初は、レギュラーじゃなくて、週に二日か三日でいいということだったので、引き受けました。そうやって徐々に社会復帰して、二年目からは週に五日、授業を持つことになりました。でも、午後からの授業しか持ちません」

「どうしてですか？」

「毎朝、同じ時間に起きて、同じ時間にキートスで朝とお昼を兼ねたごはんを食べるためです。授業がない日でも、そうしなくては、僕はまた彼女を思い出して、壊れてしまう」

「まだ、彼女が好きなんですか？」

「わかりません。でも、今でも、思い出さない日はありません」

「そうですか」

「生徒の質問に答えたりして、夜はどうしても同じ時間に帰るわけにはいきません。それでも、十一時までには、必ず帰ります。数学の勉強をして、本を読み、同じ時間にお風呂に入り、同じ時間に眠ります。できるだけ同じように生活することで、余計なことは考えないようにしているんです。こういう人間をちゃんとしているとは、言わないでしょ？」

「……えっと」

「ごめんなさい」羽鳥先生は、膝に置いたままのコートを強く握る。「引きましたよね？　気持ち悪いですよね？　葛城さんならば聞いてくれる気がしてしまって、申し訳ない。みっともないのは、僕です」

「大丈夫です。引きません。気持ち悪いなんて、思いません」

「本当ですか？」不安そうに、わたしを見る。

「ただ、どうしたらいいのか、わからないんです」

羽鳥先生の目を見られず、逸らしてしまう。

前に、店長試験に合格したことを話した時、羽鳥先生は「黙っていなくならないでください」と、わたしに言った。

わたしではない誰かでも、同じように言ったのだと思う。

いなくなった彼女を好きではないとしても、今もまだ、誰かに突然いなくなられることに怯えている。

父もフウちゃんも、突然いなくなったから、その気持ちがわたしにはわかる。

でも、「わかる」なんて、言われたくないだろう。

毎日同じように生活することで、羽鳥先生は彼女に対する気持ちを、どうしても抜けないくらいに深く根付かせてしまった。

わたしが羽鳥先生を好きになっても、羽鳥先生はわたしを好きになってくれない。

そう思ったら、羽鳥先生が好きになった。

今週末の土曜日は、大ちゃんの結婚披露パーティーなのに、着ていく服が決まらない。クローゼットとタンス、シューズボックスまで全開にして、持っている洋服やアクセサリーや靴を確認する。

結婚式に出ること自体が久しぶりだ。

二十代の後半は、高校の同級生や大学生のころのサークル仲間、会社の同期の結婚式に呼ばれた。多い時には、毎月のようにつづいた。三十歳を過ぎてから、あまり呼ばれなくなった。結婚しても、式は身内だけで済ませることが増えた気がする。式を挙げない人もいる。ホテルのチャペルで式を挙げて、なんとかの間みたいな宴会場で披露宴というのは、二十代から三十代前半までにしかできないことなのだろうか。そんなことはないと思うが、自分がこれから結婚するとしても、大々的な披露宴はやらないだろう。ウェディングドレスを着て、お色直しをして、みっちゃんや大ちゃんにスピーチをしてもらうということがコントみたいにしか考えられない。誰を招待するか考えるのも、大変だ。上司はどこまで招待すればいいのか、友達は高校と大学と同期で誰を優先させるのか、後輩は呼んだ方がいいのか。うちは両親もいないし、親しい友達だけで、レストランで食事会をする程度がいいんじゃないかと思う。

とりあえず今は、可能性を感じられない自分の結婚式のことよりも、大ちゃんの結婚披露パーティーに着ていく服について、考えるべきだ。

大ちゃんの奥さんは、一回り下なので、友達も二十代前半の子が多いだろう。写真で見た限りでは、奥さんはインスタにお洒落な写真をあげていそうな雰囲気だった。学生のころは、読者モデルもやっていたらしい。若くてお洒落な子たちの中で、浮かないようにしたい。

でも、そのために若作りしていくと、イタい人になる。

年相応の格好をして、大人の余裕を漂わせる。

雑誌やネットのファッション関係の記事で、「こなれ感」と言われているやつを目指せばいい。しかし、「こなれ」とは、なんなのか。そんな言葉、いつから使われるようになったのだろう。漢字にしたら、「小慣れ」になり、「ちょっと慣れている感じ」という解釈で、合っているのだろうか。合っていたとしても、「ちょっと慣れている感じ」をどうすれば出せるかがわからない。「抜け感」とも言うけれど、それもよくわからない。

二年くらい前に、サークルの後輩の結婚式に出席した時に着たワンピースがあり、これでいいだろうと考えていた。

だが、着てみたら、怖いくらいに似合わなくなっていた。

明るいブルーが顔色と合っていない。丈が微妙に短い。フワッと広がったスカートの裾から出た足が太いというほどではないのに、なんだか強そう。これが駄目ならば、うちにある結婚式に着ていけるようなワンピースは、全滅と考えた方がいい。他は、二十代のころに買ったもので、デザインも古い。

新しく買うしかなさそうだ。

アクセサリーとバッグと靴はあるものを使うとして、洋服だけは買おう。

しかし、どこで何を買えばいいのか。

ハリウッドスターではないのだから、ファストファッションのブランドで買ったワンピースで、パーティーに出てはいけない。あれは、自分自身の上等さで、服の安さをカバーできる人だけに許された技だ。レストランを貸切にしたパーティーなので、あまり派手にならない方がいい。結婚式に出席する用のドレスまではいかない。カジュアルブランドの店の奥に並んでいるような、少しだけ値段の高いワンピースぐらいがちょうどいいだろう。

だが、ワンピースという考えがそもそも間違っている気がする。三十代半ばとして、もっと適切な選択肢があるのではないだろうか。けれど、パンツスーツでは、会社の集まりみたいになってしまう。

あと十年後ならば、ロングドレスとか、思い切って着物とか、大人として着られる服が増えるんじゃないかと思う。

若い子みたいな格好をしても、大人っぽすぎる格好をしても、どちらも似合わないというのは、なんて中途半端なのだろう。

パーティーの会場は、七階建てのビルの屋上にあるレストランだ。プールのあるテラスからは、東京タワーとスカイツリー、両方が見える。

レストランの真ん中には、大きすぎるのではないかと思えるクリスマスツリーが飾られている。ビュッフェスタイルなので、新郎新婦とご両親の席以外には、テラスにしか椅子がない。大ちゃんの仕事関係の人と奥さんの友達が出席者の大半みたいだ。会場から溢《あふ》れ出そうなほどの人数が集まっている。

居場所がない。

高校生のころの友達は、わたしとみっちゃんとフウちゃんしか招待していないのか、知らない人ばかりだ。

みっちゃんと駅で待ち合わせていたのだが、〈遅刻する〉という連絡があったから、先に来た。コーヒーショップにでも入って、待っていればよかった。受付やクロークの手伝いでも任されていたら楽なのに、そういうことは全て、大ちゃんの会社の女の子たちがやっている。彼女たちも奥さんの友達も、予想通りに若くてかわいい子が揃っている。顔の小ささも、足の長さも、わたしとは骨格から違う。

悩みに悩んで、ネイビーのフレンチスリーブのシャツとパンツのセットアップに、パールのネックレスとピアスを合わせ、パンプスとバッグは黒という無難な格好に落ち着いた。気になったので、「こなれ感」をネットで調べてみたら、「熟《こな》れ感」と書くらしい。それでも、どういう感じかよくわからないけれど、「こなれ感」を出せているんじゃないかと思う。カラフルなドレスを着た若い子たちと並ぶと地味だが、浮いてはいないだろう。奥さんの友達なのか、ミニスカサンタが何人かいる。

どんな服も好きなように着られて楽しそうだ。

けれど、若いころに戻りたいかと問われたら、そんなことは考えもしないと答える。

二十代のころは、不安や不満ばかりで、すぐに気持ちが不安定になった。お金も知識もなくて、失敗を繰り返した。今思い出すと不思議になるくらい、何もかもが苦しかった。日々の生活は、三十代になってからの方がずっと楽しくなった。今も不安はあるし、心が乱されることもあるけれど、全て過ぎ去っていくものだとわかっている。若さに執着している人よりも、ちゃんと年齢を重ねている人の方が美しい。それでも、彼女たちのいるところにはもう戻れないと思うと、少しだけ寂しくなる。十代の終わりから二十代の初めの輝きは、その時だけのものだ。

人と人の間をすり抜けて、奥へ行き、カウンターで白ワインをもらう。

隅の方のあまり人がいないところへ行こうとしていたら、クロークで知っている人がコートを預けていた。

向こうも、わたしに気がつく。

「メイ」笑顔で手を振りながら、わたしの方に来る。

会うのは、八年半ぶりなのに、そんなことはないと思えるくらい自然な感じがした。グレーのスーツを着ていて、少しだけ太り、おじさんになったように見えるが、笑顔は変わっていない。「葛城さん」とか他人行儀に呼ばれたらどうしようかと思っていたけれど、前のままでよさそうだ。でも、フウちゃんの「メイ」は、もう「命」とは聞こえなかった。

「久しぶり」わたしも、手を振り返す。

「ひとり？」

「うん。フウちゃんは？」

「俺もひとり」

「子供たちや奥さん、一緒じゃないの？」

「大ちゃんには、子供たちも連れてきてほしいって言われたんだけど、無理。騒ぐし、泣くし、最終的には熱出すから。奥さんと子供たちは、留守番」

「そっか、すっかりお父さんだね」

「まあなあ」目を逸らし、首を引っかく。

恥ずかしがっている時のフウちゃんの癖だ。

はっきり憶えていないと思っていたのに、そんなことはなかった。

人生で一番輝いていたころを一緒に過ごした人だ。

大切にするべき記憶で、忘れてはいけない。

たとえば、あと五十年くらい経って、記憶力が衰えていった時に思い出すのは、フウちゃんと過ごした日々のことで、全てが鮮やかに蘇《よみがえ》ってくるんじゃないかと思う。

「俺も、白ワインにしよう」カウンターに行き、フウちゃんは白ワインをもらって、戻ってくる。

隅の方に行き、並んで立つ。

大ちゃんと奥さんは、一つ下のフロアにある控え室で、まだ準備をしているみたいだ。

入場してくる気配もないが、会場にいる人たちはそれぞれ乾杯して飲みはじめている。

わたしとフウちゃんも乾杯して、白ワインを飲む。

「みっちゃんは？」フウちゃんが言う。

「遅刻するって」

「相変わらずの遅刻魔か」

「絶対遅れるだろうなって思ってたから、やっぱりって感じ」

今でも、みっちゃんは必ずと言っていいほど遅刻してくるけれど、高校生や大学生のころはもっと酷かった。約束の時間に電話したら寝ているなんてことはしょっちゅうだったので、本当の約束より早い時間を伝えるようにしていた。それでも、遅れてきた。学校に遅刻することはなかったし、会社に遅刻したこともないらしい。時間にルーズというわけではなくて、わたしたちに甘えているのだ。

「みんなで花火行く約束してたのに、みっちゃんが遅れて、行けなくなったことあったよな」

「ああ、あったね。いつだっけ？」

「高三の時じゃなかった？」

「そうだ、そうだ。予備校に忘れ物して取りに戻ってたとか、言い訳してたよね」

「そう、そう。明らかに嘘だってわかる言い訳しやがってっていう感じで」

「わたしとフウちゃんと大ちゃんの三人で、遠くで花火が上がる音を聞きながら、ファストフードでぼうっとしてて、音が途切れたと思ったら、来たんだよね」

「大ちゃんが、みんなで行きたいなんて言ってごめんって、泣いちゃって」

「泣いてたね。大ちゃんが悪いわけじゃないのに」

「みっちゃんは、なんで泣いてんの？　とか言いながら、ポテト食べはじめて」

「食べてたねえ」

「あの時、メイ、浴衣《ゆかた》着てたよな？」

「着てないよ。その後、みっちゃんと大ちゃんには内緒で、別の花火大会に行った時に着たんだよ」

「そうだった？」

「脱いだら、自分で着れんの？　とか、言ってたじゃん。みっちゃんと大ちゃんの前で、そんなこと言わないでしょ」

「ああ、そうだ、そうだ」

「そうだよ」

マズい。

このまま、フウちゃんと二人で話していたら、溢れ返る思い出に押しつぶされてしまう。

フウちゃんと話すのは、やっぱり楽しい。

話すテンポも合うし、共有していることが多い。でも、どれも、過去の出来事だ。今現在、これから先、わたしとフウちゃんが共有するものは、何もない。高校の同級生や大学のサークル仲間の何人かと同じように、年賀状のやり取りをするだけの関係になる。意地を張らずに、来年からはわたしもフウちゃんに年賀状を送る。そう思えるのは、全てが過去のことになったからだ。けれどもまだ、過去のことになりたてという感じがする。もっと遠い過去になってから思い出したい。

　楽しいと感じながらも、心の中に寂しさが靄《もや》のように広がっていく。

　こういう感情の対処方法はわかっているつもりだったのに、まだまだのようだ。

「あっ、みっちゃんだ」フウちゃんは、受付の方を見る。

「みっちゃん！」クロークにコートを預けている後ろ姿に声をかける。

　振り返り、周りを見回してから、みっちゃんはわたしとフウちゃんに気がつく。みっちゃんは、モスグリーンのストンとした形のワンピースを着て、黒のストッキングを穿いている。バッグとパンプスも、黒だ。

「久しぶり」フウちゃんに向かって手を振りながら、みっちゃんはわたしたちの方に来る。

「久しぶり」

「老けたね」みっちゃんは、笑いながら言う。

「お互いさまだろ」

「そんなことないよ。わたしやメイは、フウちゃんみたいに生活臭漂わせてないもん」

「生活臭、漂わせられるようになれよ」

「結婚してるのが偉いって言いたいの？」

「いや、いや。生活臭とか言い出したのは、みっちゃんだから」

「相変わらず、微妙にむかつく」

「なんでだよ」フウちゃんは、声を上げて笑う。

みっちゃんが来たおかげで、寂しさが消えていった。

友達に救《たす》けてもらうのも、対処方法の一つだ。

わたしとみっちゃんは、二十年前に初めて会った時から、いくつもの寂しさや辛さを二人で乗り越えてきた。

音楽が鳴り、会場にいる人全員が入口の方に注目する。

テラスの奥から、シルバーのタキシードを着た大ちゃんと白いミニ丈のドレスを着た奥さんが腕を組んで、入場してくる。

自分より背の高い奥さんを見つめて、大ちゃんは幸せそうに笑う。

拍手をしながら、みっちゃんは涙を流した。

パーティーの間、大ちゃんは色々な人にあいさつをして回っていて、ほとんど喋れなかった。奥さんを紹介してもらい、大ちゃんのご両親に「お久しぶりです」とあいさつをしただけだ。

立っているのも疲れるので、テラスに置かれたストーブの前の席に陣取って、ひざ掛けに包《くる》まり、みっちゃんとフウちゃんとわたしの三人でずっと喋っていた。思い出話は避けて、高校の同級生の誰がどうしているという噂話とお互いの仕事の話をした。フウちゃんが、結婚して子供がいる者同士で集まってバーベキューをやったり海に行ったりしていると話し、わたしとみっちゃんは乾いた笑い声を上げて、聞き流した。結婚していない人も何人かいるけれど、同級生の半分以上に子供がいるようだ。絶対に独身だと思っていた冴えない男子もとっくに結婚していて、小学生になる女の子がいるらしい。三十五歳になったのだから、それが当たり前なのだろう。

最後までいて、大ちゃんと奥さんからお礼のクッキーをもらい、会場を出た。クッキーはハートの形をしていて、ピンク色のアイシングで「ＬＯＶＥ」と大きく書いてある。

「帰るの？」みっちゃんがフウちゃんに聞く。

「二人は？　どうすんの？」

「お腹すいたから、何か食べていく」

「じゃあ、俺も行く」

「ええっ！　帰りなよ」

「はあっ？」

「元カノと何時間もいたら、奥さんに怒られるよ」

「大丈夫だよ。もう寝てんじゃないかな」

まだ九時を過ぎたところだけれど、子供たちは寝る時間だ。フウちゃんの奥さんも、一緒に寝ているのだろう。そこにいるのは自分だったのかもしれないなんて、もう考えない。

「邪魔なんだよね。女同士で話したいことがあるの」

「いっつも会ってんだろ？」

「今日、話したいことであって、明日じゃ駄目なの」

「わかったよ。帰るな」

「じゃあ、またね」

ちょうど地下鉄の出入口の前まで来たので、みっちゃんはフウちゃんに手を振る。

「じゃあ、また」不満そうにしながら、フウちゃんも手を振る。

「またね」わたしも手を振る。

「何かあれば、いつでも連絡して」フウちゃんは、わたしだけを見る。

「うん。気をつけて帰ってね」

「じゃあな」手を振りながら、階段を下りていく。

付き合っていた時はいつも、フウちゃんがわたしを見送ってくれた。こうして後ろ姿に手を振るのは、初めてかもしれない。

「大丈夫？」後ろ姿が見えなくなってから、みっちゃんが聞いてくる。

「大丈夫だよ」

「本当に？」

「寂しいってちょっとは感じたけど、会えて良かったっていう気持ちの方が大きい」

「そうか」

「何、食べにいく？」

「ラーメンとか牛丼とか、がっつりしたもの」

「ああ、わかる」

　若い女の子たちの勢いに負けて、パスタもお肉もケーキもほとんど取れず、つまむ程度にしか食べられなかった。

「鶏《とり》白湯《パイタン》ラーメンでコラーゲン摂《と》ろう」みっちゃんが言う。

「コラーゲン摂ってても、肌はプルプルにならないんだよ」

「いいの。心がけが大事なんだから」

「そうだね」

　若さに執着はしないと思っても、美肌効果とか言われたら、すぐに食いついてしまう。二十代の時は「痩《や》せたい」ということが一番の願望だったけれど、今は「たるませない」ということが優先されてきている。太るほど食べられなくなってきているし、少しでも体重が減ると、一気にやつれたように見える。

「ちょうどこの先にあるから」

「うん」

　みっちゃんの後についていき、裏通りにあるラーメン屋さんに入る。カウンター席には、近くにある会社に休日出勤したのであろう男の人が並んで座っていた。コラーゲン目的と思われるわたしたちと同世代くらいの女性もいる。

奥のテーブル席に座る。

隣では、大学生くらいのカップルが大盛りつけ麺を食べていた。

コラーゲンたっぷりのスープは、若い子や男の人たちにとっては「こってり」が魅力になるのだろう。

鶏白湯ラーメンと生ビールを注文する。

アルバイトの女の子が先に生ビールを持ってくる。

「大ちゃん、おめでとう」ここにはいない大ちゃんにお祝いを言って、乾杯する。

わたしもみっちゃんも、一気に半分を飲む。

「それで、話したいことって？」わたしから聞く。

「ああ、身体、大丈夫だったの？」

「大丈夫。なんともない」

先月、大ちゃんのお祝いの席で倒れたので、病院に行った。みっちゃんの仕事が忙しくて、倒れた日から会えず、まだ報告していなかった。特に異常はなくて、お医者さんからは「疲れやストレスが溜まっているんじゃないですか？」と言われた。否定はできないけれど、倒れるほどではないと思う。でも、あの日は父のことがあって、強いストレスを急激に感じたから、そのせいだったのかもしれない。

「お父さんのことは、どうしたの？」

「連絡しない」

「なんで？」

「今、連絡しても、怒っちゃうだけだから。いつか、会ってもいいと思えるようになった時に、また考える。今は、ＬＩＮＥのアカウントを作ったりできるくらい、元気なんだろうし」

父のアカウントは「友だち」に登録したが、非表示にした。会ったところでおだやかに話せず、父がいなくなってからの日々のことを責めてしまいそうだ。わたしがどれだけ怒鳴っても、向こうは何も言わないだろう。気まずくなり、また連絡を取れなくなる。あと何年かして、わたしが結婚したり、父が病気になったりしたら、違うように考えられるかもしれない。

フウちゃんと再会するのだって、今日よりも前だったら、うまく話せなかった。八年半という歳月は必要だった。いつか、父とも再会するべきベストなタイミングが来る。来なかったら、それまでだ。

「そっか。それで、羽鳥先生とはどうなったの？」

「えっ？」

「コンビニで会った人、羽鳥先生だよね？」

「ああ、うん」

わたしは、羽鳥先生に「みっちゃん」と紹介したように、みっちゃんにも「羽鳥先生」と紹介したのだろう。

「あの人のことが好きだから、フウちゃんと会えるようになったんでしょ？」

「いや、えっと、その」

「隠そうとしなくていいから。メイ、羽鳥先生を見つけて、すごく嬉しそうだったもん。その後のタクシーでも、アパートに着いてからも、羽鳥先生のこと話してたし」

「ああ、そうなんだ」

あの日、わたしは記憶と共に理性も失ったようだ。理性を失ったから記憶を失ったのだろうか。どっちでもいいのだが、しばらくはお酒に気をつけよう。そう思いながら、ビールを飲んでしまう。

「予備校の先生なんでしょ。いい人そうだったし、メイに合ってると思うよ」

「うーん、それがねえ」

羽鳥先生から聞いたことをみっちゃんに話す。

途中で鶏白湯ラーメンが運ばれてきたので、食べながら話しつづける。

喫茶店で、過去のことを聞いた後も、わたしと羽鳥先生の関係は変わっていない。店員とお客さんとして、前と同じように話している。

「やめなよ」最後までわたしの話を聞いてから、みっちゃんは言う。

「やっぱり、そう言うよね」スープに浮かぶ卵を沈める。

「もっと普通の人にした方がいいって」

「普通……。普通って、なんだろう？」

付き合っていた女の子について、羽鳥先生は「普通というか、よくいるタイプの女の子です」と言っていた。研究室の事務に派遣されるような子で、十年くらい前の夏だからと考え、髪は少し茶色く染めたセミロングで、ピンクや白のシャツを着て、膝上丈のベージュのスカートにストッキングを穿いているような子を思い浮かべていたが、わたしの「普通」と羽鳥先生の「普通」は違う。

「普通は、普通だよ」

「わたしは普通？　みっちゃんは普通？」

「普通だよ」

「そうかなあ？　だって、高三の時に同じクラスだった女子のほとんどが結婚して、子供がいるんだよ。平均から外れてるってことじゃん」

「平均から外れてるとしても、わたしやメイは普通」

「羽鳥先生は、どうして普通じゃないの？」

「だって、その男、どう考えても、面倒くさいでしょ。三十五年の人生で一ヵ月しか恋人がいなくて、十年近く経っても引きずってるって。っていうか、それ、遊ばれただけで、向こうは恋人って思ってないでしょ」

「わたしだって、フウちゃんとしか付き合ったことないもん」

「メイとフウちゃんは十年も付き合ってて、結婚も考えてたんだから、羽鳥先生とは違うよ。久しぶりに会っても、今日みたいに話せて、お互いを気遣い合えるんだから」

「でも、男の人から見たら、わたしみたいなのは面倒くさいと思う」

「……まあ、そうかもね」みっちゃんは、麺をすする。「でも、メイに合う人は、他にいるよ。もっと普通で、優しい人が」

「羽鳥先生は、優しいよ」

「でも、普通じゃない。二十代だったらいいけど、もう三十五歳なんだからね。わけわかんないのと付き合ってる暇なんてないの」

「みっちゃんの言ってることは、わかるよ」

「普通の人、紹介してあげるから」

「でも、わたしたちは、普通という幻想を追ってるから、結婚できないんじゃないの？」

「何、言ってんの？」どんぶりから顔を上げ、みっちゃんはわたしを見る。

「わかんない。ちょっと疲れてるのかも」

「ラーメン、食べなさい」

「うん」残りのビールを飲み干し、麺をすすり、卵を食べる。

わたしの考える「普通」の男の人は、フウちゃんだ。

フウちゃんは、身長も体重も平均くらいで、顔はいいというほどではないけれど悪くもない。「優しそう」と、よく言われるタイプの顔だ。新卒で入った食品会社の本社に今も勤めていて、係長になった。あと五年くらいのうちには、課長になるらしい。子供は二人、都心から少し離れたところの2LDKのマンションに、家族で暮らしている。

日本人男性の多くは、同じような人生を送っているのだろう。

だが、フウちゃんの「普通」ではない部分をわたしは知っている。

えんぴつやお箸の持ち方が微妙に間違っている。みっちゃんとは逆で、約束の時間よりも早く来る。バラエティ番組を見ていて、何もおもしろくないところで急に笑う。目を開けたまま、眠っていることがある。胸は大きいより、小さい方が好き。セックスの後で、わたしのブラジャーを着けようとしていた。ブラジャーよりも、「伸びるからやめて！」と、怒られることが好きだったようだ。

わたしにだって、フウちゃんしか知らないような、「普通」ではない部分がある。

別れた時、フウちゃんはわたしの「普通」ではないところや面倒くさいところが受け入れられなくなっていたのだろう。「他に好きな人ができた」とか「嫌いになった」とか言われて、別れたわけではない。二人でよく行ったイタリアンレストランで、フウちゃんは「わからなくなった」とだけ、言った。そう言われても、わたしもどうしたらいいかわからなくて、そのまま別れ話を進めた。フウちゃんが別れを考えているなんて、想像もしていなかった。それどころか、付き合って十年の記念日で、母の一周忌も終わったから、正式にプロポーズされると期待していた。

あのころ、わたしは、父が出ていったことと母が亡くなったこと、仕事のことで手一杯だった。受け入れてほしいと願うばかりで、フウちゃんの「普通」ではないところも面倒くさいところも、見られなくなった。

相手のいいところ以上に、悪い部分を受け入れて、支え合っていきたい。そう思えることが恋なのではないだろうか。

羽鳥先生は、わたしの話を聞いて、その後どうなったのか気にしてくれた。わたしも、羽鳥先生の話をもっと聞きたいと思っている。

でも、その気持ちは、全然違う。

彼の中でわたしは、予備校に通う何百人という生徒と同じなのだ。

そこにある感情は、恋ではない。

アパートに帰る前に、駅前のコンビニに寄る。

　ラーメンを食べた後、近くにあるバーに寄って話していたから、もうすぐ十一時になる。

　駅から出た人がそのまま流れるように入ってきて、コンビニは結構混んでいる。土曜日だからか、お酒やおつまみを買っている人が多い。わたしは、ミネラルウォーターとノンカフェインの栄養ドリンクを買う。明日は、中番で出勤しなくてはいけない。今日は一日休みをもらったので、明日のシフトについて希望を言えず、杉本君の「クリスマスパーティーがあるから、その日だけは休ませてほしい」という主張と、店長の「土曜日から子供たちがお泊まり水族館に行って、そのお迎えがあるから、日曜日は遅番がいい」という主張に負けた。栄養ドリンクを飲んで眠り、朝までに疲れを癒やす。

　お会計を済ませて、外へ出ようとしていたら、羽鳥先生が入ってきた。予備校の帰りみたいで、スーツの上に黒いハーフコートを羽織っている。

「あっ！」羽鳥先生もわたしに気がつき、小さく声を上げる。

「こんばんは」

「こんばんは。なんか、いつもと雰囲気が違いますね」

「友達の結婚パーティーだったんです」

　コートを着ているけれど、いつもより丁寧にお化粧をしているし、髪も「抜け感」が出るようにセットした。靴も違う。ヒールの高い靴を履いているので、羽鳥先生の顔がいつもより近い。

「ちょっと待っていてください」

羽鳥先生は、デザートの棚の前に行ってヨーグルトを取り、レジに並んでお会計を済ませて、わたしのところに戻ってくる。

「このヨーグルト、インフルエンザの予防になるんですよ」袋には、赤いパッケージのヨーグルトが入っている。

「知ってます」

「あっ、そうですよね」羽鳥先生は、恥ずかしそうにする。「食べ物のことは、葛城さんの専門ですもんね」

「専門っていうほどではないですけど」

話しながら、コンビニから出る。

「おうち、どちらですか？」

「向こうです」わたしは、アパートのある方を指さす。

「うちも向こうで、公園の近くのマンションです」

「うちも公園の近くですよ」

「じゃあ、一緒に帰ってもいいですか？」

「もちろん」

広い公園を囲むようにして、たくさんのマンションやアパートが建っている。公園の向こう側だと、別の駅を使うようになる。わたしが住むアパートと羽鳥先生の住むマンションは、近くなのだろう。前に、羽鳥先生の仕事帰りに会った時は、お互いに「買い物がある」と言って、駅前で別れた。わたしは買い物なんてなかったし、羽鳥先生もコンビニでヨーグルトを買う程度だったのかもしれない。

「この前、すみませんでした」羽鳥先生が言う。

「この前？」

「えっと、先月。喫茶店でおかしな話をしてしまって」

「ああ、別に、大丈夫ですよ。全然、気にしないでください」

「いえ、本当にお恥ずかしい。申し訳ないです」

「そんなに謝られると、話をさせたわたしが悪かったような気持ちになります」

「えっ、あっ、そうですよね。すみません」

「だから、謝らないでください。それより、もっと話を聞きたいです」

夜の住宅街に、わたしと羽鳥先生の声が響く。

玄関先やベランダにクリスマスの飾りを出している家があり、赤や緑のライトがキラキラと光っている。空に月は出ていなくて、星がよく見えた。

「話って、何を？」不安そうにする羽鳥先生の顔がイルミネーションライトに照らされる。

黙々とごはんを食べているだけの人だと思っていたのに、話していると、表情がよく変わる。小動物みたいな顔をする時があり、からかいたくなってしまう。

「普通の女の子って、どんな女の子ですか？」

「えっ？」

「先月、話した時に言ってましたよね。付き合っていた女の子のことを普通のよくいるタイプって」

「言いました？」

「言いました。それからずっと、普通ってなんだろう？　と、考えていたんで」

「うーん。普通は普通です」

「数で表せるものの普通は、わかります。平均身長、平均体重、髪の長さも出せるかな。でも、顔や服装の普通は、それぞれ違うんじゃないでしょうか？」

「それらも平均値を出そうと思えば出せますけど」

「じゃあ、彼女は、その平均値だったんですか？」

「いや、そういうことではないです」

「数学の先生である羽鳥先生が普通という曖昧な表現を使って、いいのでしょうか？」

「葛城さん、酔ってますか？」

「いいえ」首を横に振る。

だが、酔っているのかと聞かれて、堂々と否定したくなるほどには酔っている。

「確かに、普通という表現は良くなかったですね。ただ、葛城さんがそんなに気にすると思わなかったので、曖昧な表現にしてしまいました。でも、普通としか言いようがない感じなんですよ。肩くらいまでの長さの少し茶色い髪で、白やピンクのシャツを着て、膝くらいの丈のスカートを穿いていました。顔は、ちょっと幼い感じです。研究室の学生の間では、女子アナみたいとか言われていました」

「へえ、そうですか」

想像した通りで、あっているようだ。

女子アナみたいな女の子が男性の考える「普通」なのだろう。

付き合った人数は三人か四人くらいで、多くも少なくもない。ひとり暮らしだけれど、両親は元気にしていて、家族は仲良し。実家で飼っている犬にも会いたいから、できるだけ帰るようにしている。女友達と話題のスイーツを食べることが楽しみで、かわいいものや流行《はや》りものが大好き。ＳＮＳのために、なんでも写真に撮る。

男性は、そういう感じの二十代半ばくらいの女性を「普通」と考えている。

わたしやみっちゃんのように、三十代半ばでも結婚していなくて仕事中心の生活をしている女性はたくさんいるはずだが、男性の考える「普通」ではない。

女性が「普通」の男性を結婚相手として望むように、男性も「普通」の女性を恋愛対象として見ている。つまり、わたしやみっちゃんは、男性から見ると「普通」ではないので、ニーズがない。

「羽鳥先生も、普通の女の子が好きなんですね」

「うーん、それは、ちょっと違うかな。好きだった女の子がたまたま普通だっただけというか」

「なんですか？　その、不倫の言い訳みたいなのは」思わず、睨んでしまう。

　何がおかしいのか、羽鳥先生は笑う。

「でもですね、先月、葛城さんと話してからずっと考えていたんですけど、僕は彼女を本当に好きだったわけじゃないんだと思います。好かれていると勘違いして、舞い上がっていただけなんですよね。まだ二十代で、恋愛経験がなかったので。今は、人を好きになるということは、もっと別の感情ではないかと考えています」

「別の感情？」

「考えている途中なので、まだ答えは出ていないのですが、もっとおだやかなものではないかと思うんです」

「おだやか？」

「うまく説明できるところまで思考が進んでいないので、いつかまた話します。でも、答えを出すことではないというのが答えという気もします。恋愛感情は、言葉で説明できないような、大きなものではないでしょうか。波がほとんどない海に浮かんでいるみたいな感じです」

「うーん、よくわかりません」

　羽鳥先生は、新しい恋をしようとしているのかもしれない。

　それがどんな恋かは、いつか話してくれるだろう。

　ある日、突然に「彼女ができました」と言われても、傷つかないように準備をしておこう。

「わかんないですよね。僕も、わかりません」羽鳥先生は声を上げて笑う。

「またいつか話してくださいね」

「はい」

「楽しみにしています」

「あの、でも、葛城さんは、いつまでキートスにいるんですか？」

「多分、五月の終わりまでです。都内のお店ならば、すぐには引っ越さないと思うので、駅やコンビニでまた会えるんじゃないでしょうか」

「都内ではなかったら？」また不安そうにする。

「場所によります。通勤できない場所だったら、引っ越します。その時には、ちゃんとお伝えしますよ。黙っていなくなったりなんてしません」

「必ず教えてください」安心したような、笑顔になる。

その笑顔は、小さな子供のように見えた。しっかりしているように見えるけれど、本当は子供みたいな人なのだろう。

「海で泳いだりするんですか？」わたしから聞く。

「泳げません」

「少しも？」

「運動は何もできないんです。葛城さんは運動神経良さそうですよね？」

「いえ、わたしも運動は苦手です。体育の時間は、いかに存在感をなくすか考えていました。それで、前に紹介したみっちゃんに怒られていました。みっちゃんは、ソフトボール部の主将だったんで」

「葛城さんは、部活やってたんですか？」

「中学はブラバンでした。高校では、野球部の応援が辛くて、やめちゃいました。うちの高校の野球部は、甲子園に出るくらい強かったんで、炎天下で演奏しないといけなかったんです。それで、帰宅部でした。大学ではアウトドアサークルに入ってたんですけど、たまに釣りやバーベキューに行ったぐらいです。羽鳥先生は、部活やってましたか？」

「中学も高校も、物理科学部です」

「そういう感じします」

「そういう感じの部員だけが集まってました。でも、楽しかったんですよ。結構、熱心に活動していて、今でもOB会をやったりしています」

羽鳥先生と長く話す時は、相談したり恋愛のことを聞いたりしていたから、他愛のないことをずっと話すのは、なんだか少し恥ずかしい感じがする。今まで、自分のことをたくさん話しているつもりになっていたけれど、そんなことはなかった。他愛のない話の方が相手のことがよくわかり、人生が詰まっている気がした。

「おうち、どこですか？」公園の前に着き、羽鳥先生がわたしに聞く。

「そこのアパートです」指さした先にアパートが見えている。

「僕の家は、もう少し先なので、アパートの前までお送りします」

「お願いします」

あと十メートルくらいで、アパートに着く。話したいことも聞きたいこともたくさんあって、どうしたらいいのかわからなくなり、黙ってしまう。また話せる機会はあるし、明日もキートスで会う。それでも、今日、もっとたくさん話したい。

「じゃあ、ここで」アパートの前で、羽鳥先生が言う。

「ありがとうございます」

「また明日」

「はい、明日」

「じゃあ」

手を振って、羽鳥先生はアパートの前を離れる。

見送ろうと上げかけた手で、わたしは羽鳥先生が着ているコートの裾をつかむ。

「どうしました？」羽鳥先生は立ち止まる。

「ごめんなさい」手をはなし、つかんでいた辺りを見たまま話す。「あの、その、もう少し話したいと思って。それで、もし良かったら、うちでお茶でも飲みませんか？」

「……えっと。でも、もう十一時になるので」

　顔を見られないけれど、羽鳥先生が困っているのが伝わってくる。

　血の気が引こうとしているのか、上ろうとしているのか、顔が熱くなってくるのに、手や足の指先は冷たくなっていく。

「そうですよね。十一時までには、帰るんですよね。冗談です。気にしないでください。おやすみなさい」

「……葛城さん」

「本当に、気にしないでください」

　それだけ言い、羽鳥先生の顔を見られないまま、わたしはアパートの階段を駆け上がり、廊下を走る。

　部屋の鍵をあけて、玄関に上がったところで、右のヒールが折れた。

十一時半になるのに、羽鳥先生が来ない。

昨日は、冷静になるために、ゆっくりお風呂に浸かり、ミネラルウォーターとノンカフェインの栄養ドリンクを飲んで、ベッドに入った。だが、全く眠れず、羽鳥先生になんて言い訳するか、考えつづけた。

「酔っていたから」と言ったら、嫌われるだろう。この前と同じように記憶にないことにしてしまいたいけれど、それは「酔っていた」以上に嫌われそうだ。「好きです」と言ってしまおうかとも考えたが、余計に困らせるだけだ。友達として言っただけで、考えるようなことではないから気にしないでほしいというのが一番いい気がした。送ってくれたのが羽鳥先生ではなくて大ちゃんだったら、気軽に「お茶飲んでいく？」と聞く。しかし、それはとっても仲のいい大ちゃんだからだ。他の男友達には、聞かない。どんな男にもそういう風に言うのかと羽鳥先生に思われたら、それもマイナスだ。いつも通りにしているのが自然でいいし、向こうも気を遣わないかもしれない。

アパートの前で羽鳥先生と別れてから約十二時間考えつづけたのに、全ては無駄だったようだ。

避けられている、と考えるべきだろう。

ガラス扉が開き、お客さんが入ってくる。

羽鳥先生がいつもより遅れて来たことを期待して振り返ったが、鯨岡さんだった。

「いらっしゃいませ」

ちゃんとしなくてはいけないと思ったら、異様なほど明るい声が出て、ファミレスみたいになった。

「おはよう。メイちゃん」鯨岡さんは笑いを堪《こら》えているような顔をする。

「おはようございます」声の調子を少しだけ落とす。

「他にお客さんいないんだ？」

話しながら、鯨岡さんは奥のソファー席に座る。

「今日は、まだ誰も来ていません」

「いつもいる眼鏡の男の人は？」

「さあ、どうしたんでしょうね」ドリンクカウンターに行き、水とメニューを持ってくる。

テーブルに水を置き、メニューを渡すと、鯨岡さんは何も言わずにわたしの顔を見る。

「なんかついてますか？」

「もう誘うのやめようと思って」

「なんでですか？　劣化？」

眠れなかったので、化粧ではごまかしきれないくらい、顔色が悪い。朝、鏡を見たら、顔が真っ白だった。チークを入れると厚化粧に見えそうだったから、白さを活かすために抑えめのメイクにした。

「違うよ。好きな男できたんだろ？」

「えっ？　なぜ？」

「わかるんだよね。人のものになってしまったって」

「人のものになんてなってません」

「でも、好きな男はいるんだろ？」

「さすが、たくさんの女の人と付き合ってるだけありますね」

「俺、たくさんの女の子とデートはするけど、付き合ってはないから」

「そうなんですか？」

「本命は常に、奥さんひとりだから」

「結婚してるんですか？」

　驚いて大きな声を上げてしまったため、ドリンクカウンターにいたレナちゃんがわたしたちの方を見た。何があったわけでもないとわかったのか、レナちゃんは作業に戻る。

「大学卒業してすぐ結婚して、春から小学生になる娘がいる」鯨岡さんは、メニューを開く。「女の子たちとデートするのは、市場調査みたいなことで、浮気じゃないよ。仕事して家族と過ごしてるだけだと、どうしても流行りがわからなくなるから」

「へえ、ちょっと見る目が変わりました」

「どういう目で見てたんだよ」

「うーん」

「デートする気になった?」メニューから顔を上げて、鯨岡さんはわたしの目を見る。

「誘うのやめるって、言ったばかりじゃないですか」

「ああ、そうだった」笑いながら言う。「じゃあ、友達として、またストロボで話そうよ。恋の相談に乗るから」

「結構です。ご注文は?」

「とりあえずコーヒー」

「少々お待ちください」

ドリンクカウンターに入ろうとしていたら、厨房から店長が出てきた。

「おはようございます」わたしとレナちゃんは声を合わせて、店長にあいさつをする。

「おはよう」

「今日、遅番ですよ」わたしが言う。「お泊まり水族館のお迎えは、どうしたんですか?」

「さっき帰ってきた。それより、メイちゃんに話があるんだけど」

「なんですか?」

「ちょっと向こうに」奥を指さし、店長は厨房に戻っていく。

「コーヒーをお出しして」鯨岡さんのコーヒーをレナちゃんに頼み、わたしも店長の後について厨房に入る。

厨房の中を通り抜けて、裏口から外に出る。

出てすぐのところで、狭い通路の壁に寄りかかるようにして店長が座ったので、わたしもその隣に座る。

話があると言ったのは自分のくせに、店長は何も話さず、空を見上げている。

「お泊まり水族館、こんなに早く帰ってこられるんだったら、中番に間に合ったんじゃないですか？」

「もう少し遅くなる予定だったんだよ」店長は、わたしを見る。

「そうですか。それで、話って、なんですか？」

「昨日、メイちゃん、休みだったじゃん」目を逸らし、正面を見る。

「はい」わたしも正面を見る。

建物の間を冷たい風が吹き抜けていく。

「一昨日《おととい》、俺、店長会議で本社に行ってたじゃん」

「はい」

「本当は昨日のうちに話したかったんだけど、休みの日に連絡したら悪いと思って」

「本社で何かあったんですか？」

「キートスの札幌店の店長、知ってるよな？」

「知ってるってほどではないですけど、研修で会ったことはあります」

札幌店の店長は、わたしより二年後輩で、二回目の店長試験の時に一緒だった。小柄でおとなしい感じの女の子に見えたが、お互いの悪いところを言い合う時に、誰よりも張り切っていた。

「結婚したらしい」

「へえ、それは、めでたいですね」棒読みみたいに言う。

「妊娠もしているらしい」

「それは、ダブルでめでたい」

「感情こめて、喋れよ」

「感情こめたら、泣いちゃいますよ」

後輩も次々に結婚していき、独身女性社員はドンドン少なくなっていく。そんなことは気にしなくていいことだと思っても、ショックを受けてしまう。

「まあ、それはいいとして」

「はい」

「つまり、札幌店から店長がいなくなる」

「産休や育休とって、復帰しないんですか？」

「相手は仙台にいるらしいんだよ。彼女も札幌の前は、仙台にいたから」

「仕事辞めて、仙台に行くんですね」

遠距離恋愛だった場合、結婚したら、妻の方が仕事を辞めて夫のところへ行くのが一般的なのだろう。仕事を辞めて、妻のところに来てくれる夫はいたとしても、少なそうだ。

「一月いっぱいで、辞めるらしい」

「そうですか」

「これがどういうことか、わかるか？」話しているうちに興奮してきたみたいで、店長はわたしの肩を叩く。

「えっ？　どういうことですか？」

「キートスの札幌店の副店長も、大阪店の副店長も、店長試験にまだ合格していない。東京店の店長である俺は異動してきたばかりだし、地方への転勤はできるだけ避けたいという希望を出している。大阪店の店長も、近畿《きんき》地方以外への転勤は拒否している。急なことだから他のタイプの店から店長が異動になる可能性は低い。ということは、札幌店の店長候補はひとりしかいない」

「誰ですか？」横を向き、わたしは店長の顔を見る。

「ボケてんのか？」呆れたように溜息をつく。

「えっ？」

「メイちゃんしかいないだろ」

「ああ、そうですよね」

寝不足で、思考能力が低下しているのか、情報を処理しきれない。

予定より早く店長になれるのだから、喜ぶべきだろう。

しかし、札幌は遠い。

北海道には、行ったこともない。

「まだ噂でしかないけど、ほぼ決まりだと思っていい」店長は冷静になって言う。

「そうですか。……札幌」

わたしはまた空を見上げ、店長も空を見上げる。

よく晴れていて、冬の空は青く澄んでいる。

「いいところだぞ、札幌」

「二月からっていうことですよね？」空を見上げたまま、話す。

「そうだな」

「せめて、春からにしてもらえませんかねえ」

「無理だろうな」

「寒いでしょうね」

「寒いだろうな」

「何を着たらいいんでしょう」

風が吹き、どこかから飛ばされてきた一枚の枯葉が、建物の間の空を通り過ぎていく。

二十四歳になる少し前まで暮らしていた家は、母とわたしが引っ越してすぐに取り壊された。

戦争が終わったばかりのころに建てられた木造の家だった。

平屋で、広い庭には紫陽花《あじさい》や枇杷《びわ》の木があった。

古民家と言ったら、お洒落な感じがするが、ただただ古いだけだ。

台所やお風呂やトイレは新しいものにしてもらっていたけれど、他は建てられた時のままだった。木の窓枠は、震度1の地震でも、割れるのではないかと思えるくらいの音を立てて揺れた。いたるところから隙間風が吹きこみ、冬場は寒くて寒くてどうしようもなかった。ダイニングテーブルにビスケットを置いておいたら、ねずみにかじられたこともある。夜中に虫が足を這《は》っている感触がして目が覚めた時には、父と母の部屋に避難した。

もともと大家のおじさんが取り壊しを考えていた家だ。母の妊娠がわかり、結婚した両親は、生活が落ち着いたら出ていくという約束をして、格安の家賃で借りた。大家さんとしては、取り壊しまでの数ヶ月間を空き家にしておくよりいいという考えだった。それなのに、二十五年近く住まわせてもらい、改修までしてもらった。父がいなくなって一年が経ち、母とわたしも引っ越すことを決めたと報告に行くと、大家さんは寂しそうな顔で笑った。わたしたち家族のことをいつも気にかけて、常に優しくしてくれた。数回しか会ったことのない父方の親戚や父を嫌っている母方の親戚よりも、大家さんのことを父も母もわたしも頼りにしていた。

家が取り壊されてからしばらくは更地になっていたらしいが、今は新しい家が建っている。

白い壁にグレーの屋根、よくあるタイプの建売住宅だ。

庭には砂利《じゃり》が敷き詰められていて、紫陽花や枇杷の木もなくなってしまった。

札幌へ行く前に、どうなっているのか見たくて来てみたが、家族で暮らしていたころのことを思い出せるようなものは、どこにも残っていない。

知らない家族の住む家を見上げる。

駐車スペースには、シルバーのミニバンの横に、子供用の自転車が二台並んでいる。

隣の家は、うちほどではなくても、古かった。だが、最近建て替えられたみたいで、新しい家が建っている。反対側の隣の家は前と同じままだけれど、住んでいる人は替わったようだ。木でできた重厚な表札があったのに、なくなっている。

小学校や中学校の同級生の何人かは、まだ実家に住んでいるらしい。しかし、ほとんどが就職や結婚を機会に、地元を離れていった。仲の良かった友達は、もう誰もこの辺りに住んでいない。大家さんは、母とわたしが引っ越してから五年が経ったころに亡くなった。父がいなくなった後に母を悪く言った人たちも、どこか知らないところへ行ったようだ。

新しい家が増えて、街並みはキレイになったのに、寂しく感じる。

まだ午前中で、子供たちが学校に行っている時間だからだろうか。

人通りはほとんどなくて、静かだ。

冷たい風が吹く。

いつまでも家の前に立っていたら、不審者に思われそうなので、来た道を戻る。

通っていた小学校の前を通り、駅へ向かう。

数えきれないほど何度も通った道なのに、知らない場所のように見えた。

ここは、わたしの帰ってくる街ではない。

故郷と呼べるような場所はなくて、自分の生きる街をひとりで探すしかないのだろう。

駅に着き、電車に乗る。

窓の外に流れて消えていく景色を眺める。

もう二度と、ここには来ない。

夕方まで引っ越しの準備をしてから、ストロボへ行く。

「こんばんは」

「いらっしゃい」マスターが言う。

まだ開店したばかりなので、お客さんは他に誰もいなかった。

「ビールと焼き飯、お願いします」カウンター席に座る。

「引っ越しの準備、進んだ？」話しながら、マスターはビールグラスを出し、サーバーから注ぐ。

「あまり進んでないです。思ったより大変で」

「引っ越し祝い、欲しいものとか必要なものとかある？」

「大丈夫です。荷物、減らそうと思って」

「でも、部屋は広くなるんだろ？」グラスをわたしの前に置く。

「東京より家賃安いんで、広い部屋を借りちゃいました」

「いいなあ、新しい生活」

マスターは、隅っこにあるガスコンロで焼き飯を作りはじめる。

その手順を、わたしはじっと見つめる。

札幌へ行く前にどうにかして、焼き飯の作り方を盗みたかったが、無理そうだ。

ハムとネギをみじん切りにして、強火でフライパンを熱してから油を引き、溶き卵を入れたらすぐにごはんとハムとネギをまとめて入れて炒めながら、塩コショウで味を調えていき、少しだけ醤油《しょうゆ》を足す。特別なことは何もしていない。油は普通のサラダ油だし、塩コショウや醤油だってスーパーで売っているものだ。やはりハムに秘密があるのではないかと思うのだけれど、同じハムを買ったところで、同じ味にはできないだろう。ちょっと雑と思えるくらいの手際の良さと思い切りが、あの味を作りあげている。

諦めて、ビールを飲む。

ストロボで、焼き飯を食べられるのも、あと二回か三回だ。

一週間後、わたしは東京を離れて、札幌へ行く。

去年の終わりに店長から「噂でしかないけど、ほぼ決まり」と言われた札幌への転勤について、年が明けて成人の日を過ぎたころに正式に本社の人事部から連絡があった。

二月一日付で、わたしはキートス札幌店の店長になる。

転勤は、辞令が出る直前まで伝えられないことも多いのだけれど、今回は噂になっているし場所も場所だからと言われて、少し早めに教えてもらえた。店長が騒いでいるだけではなくて、本社でも騒ぎになっていたらしい。三十代半ばで独身の女性社員を、できちゃった結婚する三十代前半の女性社員と交替するように遠くへ行かせることに、議論が起こったようだ。四十代半ばで、役員を目指して本社で働いている女性社員から抗議があったということだった。正式に連絡がくるよりも前に、人事部にいる同期の男性社員が「葛城が拒否すれば、どうにかできそうな空気だけど」と、電話をかけてきた。

　札幌は遠いし寒そうだから迷う気持ちはあった。だが、この機会を逃したら、キートスの店長になれないかもしれない。東京店も大阪店も、しばらく店長は異動しない。今回の話を断った場合、六月からわたしはキートスとは違うタイプの店で、店長になる。イタリアンレストランや居酒屋が嫌だとは言わないけれど、わたしはキートスの店長になりたかった。店長試験の時には、他のタイプの店でも対応できるように勉強した。しかし、キートスの店長になるんだ！　としか考えていなかった。七年と八ヵ月も勤めた東京店で店長になることが一番の希望だ。でも、他店舗で店長になることを断りつづけて、その機会を待っていたら、あと何年かは副店長のままでいることになる。それならば、二月から札幌店の店長になった方がいい。

　わたしが同期にそう話したことにより、本社での議論は収まったようだ。

　連絡を受けてからすぐに、店長と杉本君に相談して有休をもらい、札幌へ行った。キートス札幌店に行って、今の店長にあいさつをした。そこで聞いた話やネットで調べた情報をもとにして不動産屋さんに行き、マンションを決めた。今の部屋と同じような1Kのアパートを考えていたのだけれど、東京より家賃が安いので、2DKのマンションにした。1Kで充分なのだから、安い部屋を借りて貯金しようかとも考えたが、迷っている時間はない。その日のうちに決めなくては、自分で部屋を見て決めることができなくなってしまうという状況だった。もしくは、次の休みにも札幌へ行かなくてはいけなくなる。荷造りをしないといけないし、航空券も高い。思い切って決断して、翌朝の飛行機で東京に帰ってきた。

それから引っ越し屋さんを調べて、荷造りを始めた。

家族で暮らしていた家から引っ越す時に、母もわたしも、小さな家のどこにこんなにたくさんのものが入っていたのか信じられない、と思うくらい大量のゴミを捨てた。わたしが幼稚園のころに描いた絵や小学生のころに作った粘土細工《ねんどざいく》を母は取っておきたがったが、引っ越し先のマンションはもっと狭いのだからと言って、残すものを厳選した。母が亡くなって半年くらい経ってから、マンションを出て、近くのアパートにわたしひとりで引っ越した。その時にも、ほんの二年半くらいでどうしてこんなに、と思える量のゴミが出た。母の形見の全ては持っていけない。いくつかは伯父に預け、大事なものだけをわたしの手元に置いておくことにした。キートス東京店への異動が決まり、今のアパートに引っ越して来る時に、フウちゃんからもらったものも捨てた。自分にとって大事なものだけをまとめて、荷物を最小限まで減らした。それなのに、七年八ヵ月の間にどうしようもないくらいにものが増えてしまった。

無駄なものを買ったつもりはないけれど、洋服や靴の他に調理器具や食器も少しずつ買い足したため、荷物が全体的に多くなった。段ボール箱に詰めこむ前に、要らないものを処分しなくてはいけない。母が気に入っていた指輪やネックレス、三年くらい前の誕生日にみっちゃんと大ちゃんにもらってから一度しか使っていないワイングラス、アルバイトの子たちからもらった手紙、これからも使うことはないだろうし見ることもないだろうというものでも、捨てられない。そういうことを考えていないで、思い切って捨てなくてはいけないと思っても、荷物はなかなか減らなかった。

父がいなくなり、母が亡くなり、フウちゃんと別れ、ひとりで生きてきた日々にもちゃんと思い出はある。持ち物のひとつひとつに、その思い出が詰まっている。

思い切って捨てられるのは、もう着ないと思える服ぐらいだ。先月の大ちゃんの結婚パーティーに着ていく服を選ぶ時に、どれを着られないか考えたので、捨てるものをすぐに選べた。札幌に行く前に、防寒対策に新しいコートを買わなくてはいけないし、服はできるだけ減らした方がいい。タンスの奥底に、フウちゃんと初めてデートした時に着たワンピースがあったが、迷わずゴミ袋に突っこんだ。ここに来た時には、これを捨てられないと考えていたんだと思い、過ぎ去っていった年月を感じた。二十年近く前に買った水色のワンピースは、キレイにしてしまっておいたのに、シミがついて色褪《いろあ》せていた。

「メイちゃんには、ここを継いでもらいたかったんだけどな」マスターはそう言いながら、わたしの前に焼き飯とスプーンを置く。

「いただきます」スプーンを取り、焼き飯を一口食べる。

「今からでも、どう？」

「無理ですよ。わたしは、札幌へ行くんですから」

札幌へ行くよりも、会社を辞めて、ストロボを継がせてもらった方がいいのではないかとも考えた。でも、それでは、遠くに行くのが嫌だから、ストロボを継ぐみたいだ。そんな風にして、選んでいい場所ではない。それに、店長になれば、年に何度か出張で東京に来る機会もある。その時に、ストロボがなければ、わたしが困る。

「いつかこの焼き飯を超える焼き飯を作れるようになったら、ストロボを継ぐかどうするか考えてみます」

「それは、無理だよ」マスターは、笑う。

「札幌で、修業してきます」

「この味に到達するまで、三十年かかってるんだよ」

「そんなに？」

「高校を卒業してひとり暮らしするようになって、自分で作ったメシがまずくて。外で食べる金はないからどうしようって悩んで、焼き飯だけは作れるようになろうって決めて、研究に研究を重ねてできた味なんだから」

「そうなんですね」

確かにあの雑さと思い切りの良さは、男子学生のようだ。

マスターは初めて会った時からマスターで、ずっとこういう感じだったように見えてしまうけれど、奥さんとのことも焼き飯のことも、わたしたちの知らない過去がまだまだあるのだろう。わたしもそれくらいたくさんのことを積み重ねられたら、自分の店を持つことをまた考えてみよう。今のわたしでは、マスターみたいにお客さんの相談に乗ったりはできない。お客さんに、わたしが相談してしまう。

「メイちゃんが焼き飯を作れるころには、さすがに引退しなきゃいけない年になっているだろうから、ちょうどいいかな」

「そうですね。あと、二十年くらいのうちにはどうにかします」

「二十年かあ、生きてるかなあ」

「大丈夫ですよ。二十年なんて、すぐなんですから」

二十年後、わたしは五十五歳だ。

五十五歳で、雑居ビルにカフェをオープンする。

それはそれで、素敵だと思う。

「二十年後、このビルがないかもな」マスターが言う。

「ああ、そうかもしれませんね」

このビルは、戦後間もないころの建物だ。

何年か経って、札幌から東京に戻ってくることになったとしても、その時にはわたしの知らない街が広がっているのかもしれない。

「こんばんは」

扉が開き、みっちゃんが入ってくる。

焼き飯を食べ終えてから、わたしは赤ワインを頼み、みっちゃんと一緒にテーブル席へ移動する。みっちゃんも同じ赤ワインを頼んだ。

「引っ越しの準備、進んでる？」みっちゃんは、マスターと同じことを聞いてくる。

「進んではいるけど……、終わりが見えない」

「あと一週間でしょ？」

「それまで、あと一日しか休みないんだよね」

捨てられないとか考えていないで、さっさと進めないと時間がなくなってしまう。次の休みには、段ボール箱に荷物を全て詰めこまなくてはいけない。三十日の午前中にはその荷物を運び出してもらい、わたしは三十一日の朝の飛行機で札幌へ行き、マンションで荷物を受け取る。一日の午後から札幌店で働くので、荷ほどきが楽にできるようにしておきたい。

「夏になったら、遊びにいく」

「もっと早くに来てもいいよ」

「暖かくなってからね。寒いの苦手だから」

「寒いよねえ。引っ越しの日に飛行機が飛ばなかったりしたら、どうしよう。一日でも遅れたら、困るんだよな」

「会社のそういうところって、謎だよね。来月から札幌に行けって言われたから行くのに、いつも通りに出勤しろって、無理でしょ」

「早めに教えてもらったし、有休も使えるんだけどね」

　店舗勤務だと、どうしても転勤は多くなる。わたしは今まで都内でしか異動したことがなかったが、日本全国を飛び回っているような人もいる。前にいた居酒屋の店長は、辞令が出る直前に転勤を伝えられて、夜逃げするように大慌てで引っ越していった。今回のわたしのケースは、気を遣ってくれた人がいたおかげで、楽にできている方だ。

　だが、「明日から札幌」と言われるくらい余裕のない状態の方がいいような気もしてくる。

　時間はないのだけれども、大慌てするほどではないので、色々と余計なことを考えてしまう。いるのかいらないのか迷うようなものを捨てたところで、後悔はしない。そうわかっているのに、捨てられない。でも、ゴミ出しの日を考えたら、もう本当に余裕がないし、次の休みまでにドンドン捨てよう。

「有休使えるなら、休めばいいじゃん。残りの一週間を全部休みにして、温泉でも行こうよ」

「いや、いや、無理だから」

「なんで？」

「店長は休んでもいいって言ってくれたけど、そういうわけにはいかないよ。社員二人になったら、二人とも休めなくなる」

転勤が決まってから、店長も杉本君も、すごく優しくしてくれる。

それは、わたしが女だからだ。

本社で議論が起こったのも、気を遣ってもらえたのも、わたしが女だからだ。

三十代半ばの独身男性社員がどのような状況で、どこに転勤になっても、同じような議論は起こらないし、気を遣ってもらえることもない。男性の場合、結婚している方が議論になる。子供が生まれたばかりなのにとか、家を買ったばかりなのにとか、たまに聞く話だ。それでもなんでも「仕事だからしょうがない」という理由で、遠くへ行かされる。そこで同情してくれるのは、周りにいる数人だけだ。

女性と男性では、そもそも身体の造りが違うのだから、完璧な平等というのは難しい。産休のように、女性有利にするべきこともある。だが、今回のことは違う。女だからと同情されて、甘えていいことではない。

「メイが異動になったら、すぐに次の副店長が来るの？」

「うん」

「その副店長がいたところには、別の副店長が行くの？」

「ううん」

「そしたら、そこは、人が足りなくなるじゃん」

「新しい副店長はイタリアンの店から来るんだけど、イタリアンはキートスと違って都内に何店舗もあるし、社員が二人以上いる店もあるから、新入社員が入るまでは、他店とのヘルプで補い合う感じ」

「できちゃった結婚のせいで、みんなが迷惑するんだね」

「生まれてくる子供のために、みんなで協力し合うの」

「そうだね。言い方、気をつけないとね」みっちゃんは笑顔で言うが、目が笑っていない。

　店長なんだから考えて子供作れよっ、とわたしも少しだけ思ってしまったが、それは言ってはいけないことだ。出産は尊《とうと》いことで、何よりも優先される。自分自身が結婚して、妊娠した時のためにも、協力的でいるべきだ。しかし、そんな機会があるとは、もう考えられない。今回の転勤で、更に遠のいた感じがする。

「みっちゃん、最近も婚活してるの？」わたしから聞く。

「ちょっと休んでる」

「なんで?」

「仕事に集中しようと思って」

「そうなんだ」

「三十代半ばって、仕事でも結果出さないといけない時だから。二十代のうちは、まだ若いからで済んだことが、三十歳になったらそう言ってもらえなくなって、三十五歳にもなって結果出してないと、出世はないなっていう雰囲気になる。一本でいいから、ヒットする広告作って、また婚活について考える。子供産むことを考えたら、そんなに時間ないんだけど。このままだと、婚活も仕事も、両方とも中途半端になる」

「そっか」

「子供は相手がいないとどうしようもないけど、仕事やお金のことはひとりでもどうにかなるから」

「そうだね」

「出世して、今よりお金を稼げるようになれば、結婚しないで子供を産んで、シングルマザーにだってなれるし」

「そんなに、子供欲しいの?」

「欲しい」

「なんで?」

「うーん」みっちゃんは考えながら、ワインを一口飲む。「特別に子供が好きなわけじゃないし、いなくてもいいって考えていた時もあった。でも、子供を産まないという決断はできないと思う。四十歳過ぎてから、どうしても欲しいって思っても、産めるかどうかわからない。仕事で会うクリエイターの女性の中には、子供を産まずに働きつづけて、五十歳や六十歳になった人もいる。仕事で成功していても、彼女たちの多くがそのことを後悔している。でも、彼女たちが働くことを選んでくれたおかげで、わたしたち女性も仕事で力を持てるようになった。とても難しいことだとわかっているけれど、わたしは仕事もちゃんとして、その上で子供も育てたい。それで、そういう姿を後輩の女の子たちに見せてあげたい。働きながら子育てすることは認められてきているけれど、まだまだっていう感じでしょ？」

「うん」

「その状況を変えられるようになりたい。そのためには、シングルマザーじゃ、駄目っていう気もするけど」

「うーん。難しいところだね」

　恋愛と結婚と出産、そして家族をバラバラに考えられたら、わたしたちの悩みも苦しみも減るのではないだろうか。自分でお金を稼ぎ、シングルマザーとして子供を育てながら、恋人と会う。恋人は恋人であり、子供の父親候補とは違う。それは悪いことではない気がするが、積極的に支援してくれるような制度はまだ揃っていない。世間の目だって、誰もが受け入れてくれるほど、寛容ではないと感じる。隠すようなことではないと思っても、わたしは両親の離婚について話す時、躊躇《ためら》ってしまうことがある。男性にとっても、結婚して、父親になって、家族を養ってというのはプレッシャーで、生き方を選ぶ妨《さまた》げになっているのではないだろうか。

常識的で普通とされている家族を築くことよりも、大切なことがある。

わたしが大学を卒業するまで父親でいてくれた父には感謝しているけれど、もっと違う選択肢があれば、母もわたしも一瞬で人生が変わるようなショックを受けずに済んだ。父にとっても、苦しい日々だっただろう。家族として、違う選択肢を選んでいたら、母はもっと早くに病院へ行って治療を始め、父とは今も友好な関係を築けていたのかもしれない。

「メイは？　羽鳥先生とのことは、どうするの？」

「ああ、えっと、どうにもならないよ。そこまでの仲じゃないっていうか、ちょっといいなって思ってた程度だから」

先月、アパートの前まで送ってもらってから、羽鳥先生とは会っていない。羽鳥先生がキートスに来なくなって最初の一週間くらいは、風邪を引いたとか、怪我《けが》をして入院したとか、親戚に不幸があって実家に帰っているとか、可能性を考えられた。十日が経ったころに、どの可能性もないと諦めた。もしかしたらと考えたくなってしまうけれど、そんなにタイミング良く、何かが起きたりしないだろう。あれから一ヵ月以上が経つし、避けられているという一択しか残っていない。スーパーやコンビニや駅、アパートの近くで偶然に会うこともなかった。羽鳥先生は、わたしの連絡先を知らないので、電話がかかってきたり、メールが届いたり、ＬＩＮＥで友だちに表示されたりすることもない。

　黙っていなくなったりはしないという約束だったが、それも無効になったと考えた方がいい。

　あの夜の状況で「うちでお茶でも飲みませんか？」と誘ったのが、避けられるほどのことだったとは思えない。お互いにもう三十五歳で、中学生や高校生ではないのだから、もっとクールに対応すればいい。でも、わたし自身がクールにできるタイプではないし、羽鳥先生にはもっと無理なことだ。ああいう時、簡単にわたしの部屋に上がって、やることをやってしまえるような人だったら、わたしは羽鳥先生を好きにならなかった。だから、今の状況は、わたしが羽鳥先生に求めていたこととして、正しいという気もする。断っておいて、何もなかったかのような顔で次の日にキートスに来られても、なんか違うと感じただろう。

　しかし、わたしは別に、やることをやってしまおうとまで考えていたわけではない。話がしたかっただけだ。お互いのことをたくさん話して、何度か会い、その先で恋人になれるかどうか考えられればよかった。それなのに、こんな風になってしまったら、どうすればいいのかわからない。

いや、どうすることでもないのだろう。

大人として、クールになり、羽鳥先生のことは忘れる。

これが正しい選択だ。

次の日に羽鳥先生がキートスに来なかったのは、わたしに対する「ＮＯ」の表明だ。これ以上、わたしがどうにかすることではない。恋人になれるかどうか考えていたのは、わたしだけだ。

引っ越しで忙しくしつつも、今はまだ羽鳥先生のことを考えてしまう。外へ出るたびに、どこかで会えないか期待している。けれど、札幌に行って日が経つうちに、忘れるだろう。

「本当にいいの？」みっちゃんが言う。

「この前は、やめなよって言ってたじゃん」

「面倒くさそうだし、やめた方がいいとは思うよ。でも、メイが誰かを好きになるなんて、ないことだったから。いい人そうだし」

「たとえうまくいったとしても、あと一週間で、わたしは札幌に行くし」

「パソコンもスマホもあるんだから、遠距離恋愛はそんなに大変じゃないでしょ。東京と札幌を往復する飛行機代くらい出せるんだから」

「月に何回も、往復できるお金はないよ」

「向こうは、稼いでんじゃないの？」

「どうだろう。でも、お金があったとしても、その体力がない」

休みのたびに東京に来て、羽鳥先生と会い、すぐに札幌に戻る。飛行機で片道一時間半くらいと思っても、近いとは考えられない。簡単に往復できそうな距離だと軽く考えると、密《ひそ》かに疲れは溜まっていくだろう。次の日は、通常通りに勤務しなくてはいけない。そんなことは、想像するだけでも大変だ。そして、想像しなくてもいいことだ。羽鳥先生と遠距離恋愛することはない。

「わたしも、しばらくは仕事をがんばるよ。札幌に行って、環境に慣れてから、他のことを考える」

「そうだね。札幌で出会いがあるかもしれないしね。向こうの社員は、どうなの？」

「副店長も、もうひとりも、女」

「残念」

「働きやすいからいいよ」

先のことは、あまり考えないようにしよう。

未来のことなんてわからないと思っても、自分の性格や今までの生活から、なんとなくの予想はできる。白馬の王子様でも現れないかぎり、人生が劇的に変わることはない。今はただ、一日一日をちゃんと生きて、人生を少しでもいい方へ向けていくべきだ。

しかし、いい人生とは、なんなのだろう。

恋愛や結婚が全てではないと思っても、好きな人と一緒にいることがいい人生という気がする。

少し前のわたしだったら、そんなことはないと否定した。

けれど、羽鳥先生と話すようになって、気づいてしまった。

彼の隣にいられれば、それだけでわたしは幸せになれた。

「見送りには、行かないからね」みっちゃんは、正面にいるわたしではなくて、ワイングラスを見る。

「いいよ、来なくて。ひとりで行けるから」わたしも、ワイングラスを見る。

「大ちゃんも仕事抜けられないって」

「うん。聞いた」

結婚したし、仕事も忙しいみたいで、大ちゃんとは転勤が決まってから一回しか会っていない。

みっちゃんと二人でいると、泣きそうになってしまう。

どんなに離れても友達だけれど、今までみたいに会えなくなる。

杉本君が泣いている。

「メイさんがいなくなったら、僕はどうすればいいんですか？」

「どうすれば、って言われても……」

「俺がいるじゃん」杉本君の隣に座る店長が言う。

「店長が札幌に行って、メイさんが残ればいい」

飲んだビールがそのまま出てきているのではないかと思えるくらい、杉本君は大量の涙と鼻水を流す。

わたしと店長は苦笑いしながら、その姿を見つめる。

今日は、わたしの送別会だ。

まだ明日も出勤するけれど、明後日《あさって》の朝には札幌へ行くので、今日にしてもらった。引っ越しの準備は終わったのだが、明日の午前中には引っ越し屋さんが来るから、あまり遅くまでは飲んでいられない。店長と早番や中番でシフトに入っていたアルバイトの子たちとごはんを食べて、軽く飲んで帰るつもりだった。しかし、遅番の杉本君から「僕も行きたいから、待っててください」と、言われた。アルバイトの子たちは半分くらいが一軒目を出たところで帰り、残りの半分と店長とわたしがキートスの近くにある深夜まで開いているカフェに移動したところで、杉本君は来た。一番遅く来たくせに、一番酔っ払っている。三十分もかからないで、泣きはじめた。

八ヵ月間、一緒に働いていたのに、杉本君と仕事の後で飲みに行ったことはなかった。

歓迎会をやると言った時も、そういうの必要ないですと拒否された。あのころはむかつくとしか思っていなかったのに、今はかわいくてしょうがない。

杉本君は、もともとお酒に弱いとか、泣き上戸《じょうご》とかではないのだろう。わたしの転勤が決まってから、半月と少しくらいの間、不安を感じてもがまんしていたのだ。最近は、店長とも色々と話しているみたいだけれど、わたしに対するほど好き勝手に喋れるわけではない。彼は社交的に見えても、実際は誰とでもうまくやれるタイプではないから、新しい副店長がどんな人かも不安に感じている。先輩後輩として仕事をしてきたのに、引き離されてしまうのも、会社で働く上ではどうしようもないことだ。

わたしも最初に配属されたイタリアンレストランで、副店長が異動になった時には、泣いた。七年先輩の女性で、優しい人だった。今でも同じ会社にいるから、会う機会はある。それでも、あの時は、永遠の別れのように感じた。働きつづけるうちに、慣れてしまい、誰が異動になっても泣かなくなった。

「メイちゃん、席替わろう」店長が言う。「杉本の話を全部聞いてやれ」

「ええっ、嫌ですよ」

「いいから」立ち上がり、店長はお手洗いの方へ行く。

席を立ち、わたしは杉本君の正面から隣に移る。

アルバイトの子たちは、それぞれで話している。できれば、彼女たちや彼らともっと話したいのだけれど、酔っ払いを放っておくわけにもいかない。社員がこんなに泣いていても、アルバイトの子たちは、特に驚いていないようだ。

「大丈夫？」わたしは、杉本君に声をかける。「お水、飲む？」

「大丈夫です。お水、いりません」杉本君はそう言って、ティッシュで涙を拭き、洟をかむ。

　丸めたティッシュがテーブルの上で、山を作っている。ゴミを散らかすお客さんはお店にとって迷惑でしかないので、カラになったポケットティッシュの袋に丸めたティッシュを詰めこむ。

「他にもお客さんがいるから、泣かないようにね」

「はい」うなずきながらも、また涙を流す。

「店長と新しい副店長と仲良く働くんだよ」

「仲良くできません。メイさんがいいんです」

「どうせ何年かしたら、会社辞めるんでしょ？」

「そうですけど、それまでは一緒に働きたかったんです。店長試験に受かって、六月に異動するかもしれないことはわかってましたけど、こんなに早くにいなくなるなんて」

「そうだね。わたしも、六月だろうって思ってた」

「いっぱい迷惑かけてしまったから、六月までにはもっとちゃんと仕事できるようになろうって思って」

「杉本君、もう仕事できてるから、大丈夫だよ。わたしは安心して、札幌に行ける」

積極的に仕事を憶えるようになってからの杉本君は、わたしが今までに見てきた新入社員の中で一番と思えるほど、優秀だった。

「僕も、札幌に行きたい」

「札幌、寒いよ」

「寒いの、苦手です。ロスは暖かかったから」

泣きつづける杉本君の背中をさする。

いつもまっすぐに伸びている背中が丸まってしまっている。身体は大きくても、まだ子供なんだ。

子供だから、わたしのことなんて、すぐに忘れてしまう。

来週の今ごろには、新しい副店長に懐いているかもしれない。新しい副店長は、わたしより五年後輩で、美人と評判の女性だ。キートス東京店に美男美女を揃えた、と人事部の年配男性社員が言っていたらしい。セクハラでコンプライアンス部に訴えてやろうかと思ったが、やめておいた。あと何年かで定年退職するおじさんたちが何を言っていようと、どうでもいい。

店長がお手洗いの方から戻ってくる。

「そろそろ、帰るか」

「じゃあ、お会計」

「払っておいた。ここは、俺の奢り」

「ええっ！　かっこいい」

「もっと言って」

「言いません」

「言えよ」

「ありがとうございます。ごちそうさまです」

「ありがとうございます」アルバイトの子たちも、声を揃える。

　それぞれコートを着て、カバンを持ち、店の外に出る。

　終電が出た後なので、誰も歩いていない。

「メイさん」レナちゃんが抱きついてくる。

「どうしたの？」

「元気でいてください」

「レナちゃんも、元気でね」ギューッと抱きしめる。

　レナちゃんは大学四年生で就職も卒業も決まっているから、三月の終わりにアルバイトを辞める。大学一年生になる直前の春休みに面接に来た時は、まだ子供みたいだった。男の子とちゃんと付き合ったことないんです、と言っていた。仕事を憶えて、頼りになるバイトリーダーになり、女の子から大人の女性になっていく姿をずっと見てきた。他にも何人かが三月で辞める。せめて、それまではいたかった。

「杉本さん、メイさんのことを本気で好きなんじゃないですか？」身体をはなしてから、レナちゃんが言う。

「それは、ないよ」

「みんな、そう思ってますよ」

そういうことを噂し合っているから、杉本君が泣いても驚かなかったのだろう。

「あれは、人のことを女として見てない証拠だって。だから、好き勝手になんでも言えるんだよ。お姉ちゃんと同じだと思ってんでしょ。シスコンっぽいじゃん」

「そんなことないですよ。シスコンっぽいですけど。女は女じゃないですか」

「あと十年経ったら、そういうこともあるって、わかるようになるよ」

「十年後なんて、想像もできません」

「すぐだよ、すぐ」

杉本君が店長に引きずられるようにして、カフェから出てくる。

「メイさん」店長の手から離れて、杉本君はわたしとレナちゃんの前まで来る。

抱きついてこようとしたので、よける。

しかし、背中をレナちゃんに押されて、わたしは杉本君の腕の中に納まってしまった。

「札幌まで、気をつけて、行ってください」わたしの耳元で囁《ささや》くように、杉本君は言う。

「うん」

「東京に来る時には、キートスに寄ってください」杉本君は腕に力をこめて、わたしを強く抱く。

はねのけたいと思っても、身体が動かなかった。

男の人に抱きしめられたのなんて、フウちゃんと別れた時以来だ。

別れ話をした後で、フウちゃんは「ごめん」と言い、わたしに抱きついてきた。あれが何年前のことだったのかは、もう計算しないでおこう。

「苦しい」

杉本君は背が高いので、力をこめられると、わたしの顔はコートを着ている彼の胸の中に埋もれていく。

「ごめんなさい」杉本君は、わたしから離れる。

「大丈夫」

もう少し抱きしめてくれていても良かったのに、と思ってしまった。

スキンシップの大切さを久しぶりに思い出した。

「俺も、抱きしめようか？」両手を広げ、店長が言う。

「結構です」首を横に振って、断る。

「なんだよ。じゃあ、明日な」

「はい。お疲れさまです」

わたしは歩いて帰れるので、タクシーや自転車で帰る人たちを見送る。杉本君は何か言いたそうにしていたけれど、店長とアルバイトの子たちに引っ張られて、広い通りの方へ歩いていった。

みんなの後ろ姿が見えなくなり、ひとりになってから、空を見上げる。

午前一時を過ぎているのに、東京の夜空は、ぼんやりと明るい。

札幌に来てから二週間が経った。

寒さにも、雪にも、まだ慣れないけれど、とりあえず生活は落ち着いてきている。だが、店とマンションを往復するだけだ。休みの日は市役所に行ったり、スーパーやドラッグストアがどこにあるのか確認したり、インターネットを使えるようにするために工事の人に来てもらったりしているうちに終わった。店長の仕事を憶えて、生活に必要なものを揃えてから、それ以外のことを考えればいい。

キートス札幌店は、ビルの二階にあるが、基本的な構造やデザインは東京店と同じだ。ビルの裏の階段を上がり、裏口から入ると、そこは厨房になっている。

「おはようございます」

キッチンで入っているアルバイトの子たちにあいさつをしてから、コートについた雪を払う。

厨房を通り抜け、ホールに出て、更衣室に行く。

アルバイトの子たちとの間には、まだ太めの線が引かれている感じだ。十一時からの中番で入った時には、早めに出勤して、オープン準備の確認とかをしたいのだが、もう少し経ってからの方がいいだろう。

着替えを済ませ、開店する五分前に、ホールに出る。

「おはようございます」ホールで入っているアルバイトの子たちにあいさつをする。

「おはようございます」

「準備、大丈夫ですか？」

「はい」

「じゃあ、オープンしますね」

店内を軽く見て回ってから、ガラス扉の鍵をあける。階段を下りて、一階にあるガラス扉の鍵もあけて、ＯＰＥＮの札を出す。

外では、吹雪《ふぶき》というほどではないけれど、積もる程度には雪が降っている。

今年は雪が少ないらしいが、東京に比べたら、すごくよく降る。

天候による売上げの変化は、まだうまく予想できない。この前の週末まで、雪まつりが開催されていたから、平日でも結構混んだ。観光都市であり、オフィス街でもあり、東京店とは客層も違う。

外へ出て、通りを歩く人たちの流れを見て、空を見上げる。

街も、空も、どこまでも、白い。

二階に戻って、レジカウンターに入り、パソコンで本社からのメールを確認していたら、ガラス扉が開いた。

「いらっしゃいませ」顔を上げて、わたしはお客さんの方を見る。

そこには、コートの肩に雪を載せた羽鳥先生がいた。

羽鳥先生は、わたしを見て、小さく頭を下げる。

「おひとり様ですか？」ドリンクカウンターにいたアルバイトの鈴木《すずき》さんが出てきて、羽鳥先生を席に案内しようとする。

「あっ、はい」羽鳥先生はうなずいてから雪を払い、窓側の席に案内されていく。

ドリンクカウンターに戻り、水とメニューを出そうとしている鈴木さんを、わたしは止める。

「ちょっと待って」

「どうしました？」鈴木さんは、わたしを見る。

「えっと、あのお客さん、知り合いなの」

「あっ、そうなんですね」

「だから、わたしがやるから」

「お願いします」

鈴木さんから水とメニューを受け取る。

羽鳥先生の席まで行き、テーブルに水とメニューを置く。

何も言わずに、羽鳥先生はわたしを見る。

東京店に来た時と同じように、羽鳥先生はスーツを着ている。コートはキレイにたたんで、向かいの椅子に置いてある。

「あの、何しにきたんですか？」わたしから聞く。

「出張で、近くまで来たんです」

「あっ、そうなんですね」

「二月は高校三年生と浪人生のクラスがお休みなので、札幌校に来年度の授業の相談に来ました」

「なんで、札幌校で相談するんですか？」

「来年度から、週に一日でも、札幌校で授業を持てないかお願いしているんです」

「えっと、まだ札幌校で授業を持つと決まったわけではないんですか？」

「はい」

「なんのために、授業を持とうとしているんですか？」

「……それは」羽鳥先生は顔を赤くして、下を向く。

外が寒いのに、店の中が暖かいから、赤くなっているのではないだろう。

「なんのために？」もう一度、聞く。

「すみません」下を向いたまま言う。「あの、その、こういうことをされるのは、気持ち悪いだろうって悩んだんです。でも、どうにかして、もう一度、葛城さんと会いたかったんです」

そこまで言ってから、羽鳥先生は顔を上げて、わたしの目を見る。

わたしは立ったままなので、見上げられている状態になる。

どう返事をしたらいいのかわからず、わたしはその目を見つめ返す。

眼鏡の奥で、羽鳥先生の目は不安そうに揺れていた。

子犬を見ているような気分になってくる。

「葛城さんが異動になったことは、東京店の人から聞きました。背の高い男の子です」

「杉本君ですね」

「そうだと思います。最初、いつもいるアルバイトの女の子に聞いたんですけど、教えてもらえませんでした。店長らしき男性に聞いても、教えてもらえませんでした。背の高い男の子が、個人情報だから絶対に秘密ですと言いつつ、教えてくれました。それが一週間くらい前です。すぐに予備校へ行き、札幌校に異動したいと相談しました。それは困ると言われたので、週に一日でもどうにかならないか、お願いしたんです」

「あの、いまいち、話が見えません」

「僕は、あの夜、とても後悔しました」

「コンビニで会った夜ですか？」

「そうです。あの時、僕も、葛城さんともっと話したいと思っていました。でも、部屋に誘われて上がれるような男ではないんです」

「そうですね。けど、わたしだって、男の人を部屋に誘うような女ではないです」

「はい。わかっています。葛城さんは、そういう人ではない。僕がこんなんだから、葛城さんに嫌な思いをさせてしまった。三十五歳にもなって、情けないです。葛城さんの部屋に行かなくても、駅の方へ戻って遅くまで開いているカフェに入るとか、広い通りに出てファミレスに行くとか、一緒にいられる方法はありました。自分の情けなさが嫌になり、葛城さんに合わせる顔がなくて、キートスに行くのをやめました」

「そこまで、深刻に考えなくても良かったんですよ」

　ガラス扉が開くが、入ってきたのはお客さんではなくて、業者さんだった。鈴木さんが対応してくれる。お客さんが来るまでは、こうして話していても大丈夫だろう。

「もう一度、葛城さんと会って話せるように、自分を変えなくてはいけないと思いました。それで、一月の終わりまで、生活のリズムを変えるために違う店にごはんを食べにいったり、休みの日は遅くまで寝てみたりしました。けれど、全てが無駄でした。どこに行っても、何をしていても、葛城さんのことばかり考えてしまう。話せるようになってから、僕は生活のリズムを守るためではなくて、葛城さんと会うためにキートスに通っていました。自分でも気づかないうちに、僕の生活は変わっていたんです。そして、僕が変わるためには、葛城さんが必要なんです」

「はい」

「そうわかって、二月になって、キートスに行きました。しかし、そこに葛城さんはいなかった。一日や二日くらいならば、遅番だからだろうと思えましたが、三日も四日もいなくて、何かおかしいという気がして、アルバイトの女の子に聞いたんです。異動になったことを教えてもらえるまで、キートスに通いつづけました。黙っていなくならないっていう約束だったじゃないですか？」

「だって、先にいなくなったのは、羽鳥先生じゃないですか」

「そうですよね。ごめんなさい」羽鳥先生は、また下を向いてしまう。

　わたしが札幌に異動になったと知って、札幌校で授業を持とうとするなんて、やることが極端すぎる。東京の生徒だって、困るだろう。まずは、杉本君か店長を通して連絡をくれれば、わたしの連絡先を伝えた。電話やメールやＬＩＮＥで連絡を取り合い、お互いの気持ちを確かめてから、先のことを決めようとは考えられなかったのだろう。

　はしかというのは、大人になってからかかると大変、と羽鳥先生は前に言っていた。一度しかからないはずのはしかにまたかかり、大変なことになって、ここまで来てくれた。自分から行動しなくてはいけない分、一度目よりも大変だったのではないだろうか。きっと、数学のことでいっぱいだったはずの頭の中は、公式も何もかも忘れて、大切な生徒たちのことも考えられなくなるくらい、混乱を起こしている。

「ちょっと待っていてください」羽鳥先生にそう言ってから、わたしはレジカウンターに入る。

レジの下の引き出しを開けて、できたばかりの名刺を一枚出す。

名札には、東京店の時と同じように「葛城メイ」と書いたが、名刺には「葛城命」と書いてある。

お店の連絡先しか書いていないので、ボールペンを出し、裏に携帯電話の番号とアドレスを書く。

羽鳥先生の前に戻り、名刺をテーブルの上に置く。

「これがわたしの名前です。メイは五月ではなくて、命なんです」

「はい」

「父がつけてくれました。しかし、その父とは、絶縁状態にあります。わたしが大学を卒業した日に、突然出ていきました。黙っていなくなられるのは、わたしも苦手です」

「はい」

「全てを話すと長くなるのですが。今日は、札幌校に行ったらすぐに東京へ帰るんですか？」

「いえ、ホテルに泊まります」

「わたし、八時まで仕事なので、終わったらそのホテルに行きます」

「ホテルに、ですか？」

「部屋に行くんじゃないですよ。ホテルの近くで、一緒にごはんを食べましょう。それで、会わなかった間に、羽鳥先生が何を考えていたのか、もっとちゃんと聞かせてください。わたしたちが出会うより前のことや、キートスで顔を合わせても話さなかった七年間のことも、聞きたいです。わたしも、わたしのことを話します」

「はい」

「裏に携帯の番号とアドレスを書いておきました。電話でもメールでもＬＩＮＥでもいいので、八時ごろに連絡をください」

「はい」

　うなずくばかりで、羽鳥先生は頼りなく見えるけれど、わたしは男の人に頼りがいは求めない。自分ひとりで引っ越しも終えられたし、だいたいのことはどうにかなる。困ったことが起きても、ネットで調べれば、対処方法はすぐに見つかる。恋愛も、結婚もしなくても、生活していける。

それでも、わたしの人生には、彼が必要だと感じる。

「ご注文は、どうしますか？」

「あっ、えっと」羽鳥先生は、メニューを開く。

「鶏のランチセットは、ないですよ」

「えっ？」メニューから顔を上げる。

「東京店とは、メニューが違うんです」

「そうなんですね。でも、大丈夫です」おだやかな笑顔でメニューを閉じて、羽鳥先生はわたしを見る。「朝ごはんは食べてきたので、コーヒーをお願いします。それを飲んで、札幌校に行きます」

「ホットコーヒー、おひとつですね。少々、お待ちください」

テーブルから離れて、わたしはドリンクカウンターに入る。

羽鳥先生は水を飲み、窓の外を眺めている。

外では、雪が降りつづいている。

カップにコーヒーを注ぎながら、わたしは羽鳥先生の横顔を見る。

わたしたちはこれから、時間をかけて、たくさんのことを話すだろう。

雪がとけて春になるころには、お互いが「命より大切」と思える存在に、少しでも近づけているといい。

この街の春は、東京よりも遅く来る。

解説

渡辺雄介

本書を読み終えたばかりの読者はまず余韻にひたってほしい。

お見事！　としか言いようのない最後の一文に、この先も続く主人公の日々に、最終的には愛さずにはいられなかった全登場人物たちのその後に、思いを馳せてほしい。

しかるのち、この駄文にお付き合い頂ければ幸いだ。

誤解を恐れずに言えば小説家・畑野智美はレッテル貼りの潔癖症だ。

ただ本当に誤解されては困るので、今から詳しく説明していきたい。

青春小説の書き手と知られる畑野だが、彼女が題材にするのはいつだって「肩書き」だと自分は考えている。ジャンルとしてはむしろ「お仕事モノ」に近い。

【下積み中の芸人】を描いた『南部芸能事務所』シリーズは言わずもがな。『罪のあとさき』では【同級生を殺した少年】という肩書きの人間を、『消えない月』では【ストーカー】という肩書きの人間を、『神さまを待っている』では【売春する二十代貧困女性】という肩書の人間を、それぞれ丹念に描いてきた。初期の名作である『夏のバスプール』も青春小説でも恋愛小説でもなく、【高校生】という肩書の人間を綴った小説と表現できる。

　一連の作品を読むだけでなく、十年近く、同い年の作家仲間として大小様々な酒席を共にしているためわかるが、畑野は無類の「肩書き」好きだ。そして「そういう肩書きの人なら、たぶんこういう人だろう」というレッテルを貼るのが好きだ。友人としては迷惑だし、ヒヤリとすることもある。

　だが畑野の著作に触れるたび、それが余計なお世話であると気づかされる。畑野の肩書き好きにはもっと深い理由がある。

　畑野の作品の主人公たちはいずれも、世間からレッテルを貼られやすい肩書きの人間たちだ。おそらく意図的にそうしている。

　その肩書きを背負った以上、そういうパブリックイメージからは離れられない――というような肩書きの主人公をチョイスし、実際に物語が始まると、そのようなパブリックイメージどおりの人物像を示していく。ある意味で偏見に満ちている。

　本書も同様だ。本書の主人公・葛城メイは【恋人もいない、かといって仕事に励むわけでもない三十五歳の独身女性、会社員】という肩書きを背負っている。

読者の誰もが、自分の知り合いにいそうな人間だ。本書の登場人物たちも、メイの肩書きから想像できるレッテルそのまんまに、彼女のことを評していく。

職場の後輩社員も、母となった同級生たちも、親友の独身女性ですら「恋愛しろ」「婚活しろ」と余計な忠告をしてくる。メイが恋愛・結婚・妊娠を望んでいることを前提に話をしてくるのだ。職場の上司は「キャリアを積め」とも言ってくる。メイが結婚や仕事についてどう考えているかなんて気にしない。

彼女ら彼らの目には、メイは【葛城メイ】ではなく【三十五歳の独身女性Aさん】としか映ってない。フラットな感性を持つ読者なら怒りを覚えるほどだ。

しかし畑野はそのことを発奮材料にメイを動かそうとはしない。ここに畑野の非凡さがある。実際、メイ自身が心の中で呟いている。

今は、何も目標がない。

メイの実像は、我々読者の想像どおりなのだ。

畑野は——しがない高校教師が実は凄腕の殺し屋だった——みたいなツイストは使わない。しがない高校教師は本当にしがない高校教師のままで、むしろどれだけしがない高校教師なのか、その説明を丹念に描いていく。

本書におけるメイも同様だ。メイは読者がイメージするまんまの【三十五歳の独身女性Aさん】だ。

もちろんこれは畑野の罠である。

が、賢明な読者であっても必ずその罠にはまる。

畑野が三十五歳の独身女性Aさんの心的状況を一寸の狂いもなく、重箱の隅を楊枝でほじくるように表現するため、読者は三十五歳の女性Aさんを完全に理解していく。場合によっては自分を同化させる。

「いるいる、こんな人〜！」

「あー、こういう人って、こんなことを考えてるんだ……」

「ウソ……むしろ、これって、わたしのことじゃない……？」

読者が主人公に共感すれば畑野の罠は完成する。もう読者は逃げられない。

彼女は小説においてもプライベートにおいても、その人の肩書きに安直なレッテルを貼ったように見せかけて、その実、その人の深層心理を完璧に理解している。

本書の少し前に発表された『消えない月』では、ストーカーのみならず、ストーキング被害者の心的状況まで描き切り、その両者に読者を感情移入させることに成功していた。

これはもはや小説としてのテクニックや筆力というものではなく、執念に近い。それゆえ畑野のことを潔癖症だと自分は思う。もしくは完璧主義者とも言える。

　本書でも読者の誰もがメイに感情移入したところで、物語は大きく方向転換していく。何も目標がなかった彼女に明確な目標ができるのだ。

　それは文字にすれば大した目標ではないのかもしれない。葛城メイのことを、いつまでも三十五歳の独身女性Aさんだと思っている人間にすれば、なおさらそう思うだろう。

　でも我々読者は違う。もはや物語にAさんはいない。メイだけがいる。

　そして最終的には愛しくて仕方なくなる登場人物たち（中でも職場の後輩・杉本君のキュートさと言ったらない！）も同様で、彼女ら彼らの中にAさんは存在せず、メイがいる。

　メイが抱いた目標だから読者は応援する。目標が達成されるかどうかは、本書を未読の方のために伏せておく。

　が、本書が秀逸なのは、この目標のおかげでメイに「恋 or 仕事」を突きつける形になることだ。お仕事モノの王道パターンである。これもまた一連の畑野智美作品がお仕事モノだと感じる理由だ。

　ただし、それこそ誤解してほしくないのは、レッテルを貼られやすい肩書きを主人公に背負わせ、その人物の内面を潔癖に描いていく先にあるのは、決してドラマチックな展開ではないということ。

本書のメイは恋にも仕事にも向上心を持ち合わせていない。だからといって不幸ではない。現状維持のままでもいいと思っている。

それでもメイにはメイなりの変化が訪れる。見逃してしまうほどに、とても些細な変化だ。

だが畑野が仕込んだ罠によって、読者はメイのことをAさんではなくメイだと感じている。それゆえメイに生じた些細な変化に感動する。

その感動は、たとえ些細な変化であっても、ドラマチックな展開を繰り返したハリウッド大作――たとえば命を懸けて人類を救った、とか――にも匹敵する。

突然だが自分は脚本家である。しがない高校教師が実は凄腕の殺し屋でいつしか命を懸けて人類を救う、みたいな物語を書くことが多い。大きな仕掛けで物語を綴ってきた人間だからこそ、些細な変化で大きな感動を呼ぶことの難しさを訴えたい。

あらためて畑野の技量、筆力、執念に驚く。作家としても友人としても敬服するし、本書の解説を書かせていただくことも光栄でしかない。

畑野作品を読んでいると、たとえ肩書きで判断されてレッテルを貼られても、それぞれの人物にはそれぞれの思いがあると理解できるし、その人物像に自分を投影することができる。

みんなは自分で、自分はみんなだ。

この気づきは世間の息苦しさを軽やかにかわす原動力となる。レッテル貼りをしてくる他人を否定せず、レッテル貼りをしてしまう自分も否定しない。

その点で畑野は優しい。

一方で、優しい人物は往々にして水面下では戦っているものだ。

潔癖症で完璧主義者ゆえの戦闘を、畑野は小説という武器を手にデビュー以来ずっと続けている。戦う相手は、レッテル貼りをして、そこで思考停止する輩《やから》だ。

あらゆる人々が畑野のように、肩書きやレッテルの奥にある人間の思いに触れてほしいと思う。本書はそのきっかけとなる作品だ。

（わたなべ・ゆうすけ　脚本家）

『大人になったら、』二〇一八年三月　中央公論新社刊

中公文庫

大人《おとな》になったら、

2022年1月25日　初版発行

著　者　畑《はた》野《の》 智《とも》美《み》

発行者　松田 陽三

発行所　中央公論新社
〒100-8152　東京都千代田区大手町1-7-1
電話　販売 03-5299-1730　編集 03-5299-1890
URL https://www.chuko.co.jp/

DTP　ハンズ・ミケ
印　刷　大日本印刷
製　本　大日本印刷

Published by CHUOKORON-SHINSHA, INC.
Printed in Japan　ISBN978-4-12-207171-1 C1193